Georg Dreißig

Simsala

Georg Dreißig

SIMSALA

Die Geschichte eines kleinen Zauberers

Urachhaus

ISBN 978-3-8251-7241-1

7. Auflage 2016
Erschienen im Verlag Urachhaus

Umschlag- und Innenillustration: Silvia Christoph, Berlin
Gesamtherstellung: CPI – Clausen & Bosse, Leck

INHALT

Rektor Häusler wundert sich

Das war ein Besuch, den Schuldirektor Hermann Häusler so schnell nicht vergessen würde. Die Sorgenfalten standen ihm noch dick auf der Stirn, während er seinem Besucher durchs Fenster nachblickte. Der spazierte gerade unten auf dem Schulhof ohne Schirm so ruhig durch den Regen, als könnte das Wetter ihm und seinem hohen spitzen Hut nichts anhaben.

»Bim«, murmelte Rektor Häusler endlich zum wiederholten Mal, indem er sich dem Blatt zuwandte, das der Vater des neuen Erstklässlers eben vor seinen Augen ausgefüllt hatte, »Bim, merkwürdiger Name.«

Aber nicht merkwürdiger als alles andere, was da ebenfalls auf dem Papier stand:

Name des Kindes: *Simsala Bim*
geboren: *vor 7 Jahren*
Geburtsort: *Feste Hokuspokus*
Eltern: *Abra Kadabra Bim*
Beruf des Vaters: *Zauberer*
Wohnort: *Feste Hokuspokus im Wiesental*
Das Kind soll die Klasse *1a* besuchen.

»Zauberer«, las Rektor Häusler laut und legte seine Stirn in noch ärgere Falten, »das ist eine Sache. Hm, hm.«

Da klopfte es.

Der Rektor versuchte, seinem Gesicht einen möglichst harmlosen Ausdruck zu geben. Dann rief er: »Herein.«

Ein Kopf schob sich durch den Türspalt. Karl, der Hausmeister, war der festen Überzeugung, er störe etwas weniger, wenn er sich nur zum Teil zeigte.

»Haben Sie ihn gesehen, Herr Rektor?«, sprudelte er so aufgeregt hervor, dass sich seine Worte fast verhedderten, »Haben Sie gesehen – den Mann, der eben weggegangen ist?«

»Kommen Sie doch herein, Karl«, ermahnte Rektor Häusler den Hausmeister, »die Kinder brauchen uns nicht zuzuhören.«

Karl zwängte sich durch den Spalt, den er seinem Kopf zugestanden hatte, und schloss die Tür.

»Nun, Karl, wen, meinen Sie, soll ich gesehen haben?«, fragte der Rektor. »Wenn Sie Herrn Bim meinen, den habe ich natürlich wahrgenommen. Schließlich hat er fast eine Stunde bei mir gesessen.«

»Den mit dem spitzen Hut mit den Sternen drauf«, rief Karl, und dabei schlug seine Stimme einen Purzelbaum vor Erregung, »er ist gar nicht nass geworden. Der Regen hat an ihm vorbeigeregnet, und er ist einfach dazwischen durchgegangen.«

»Potztausend«, murmelte Rektor Häusler, und es klang sehr anerkennend, »den Trick muss er mir beibringen.«

Dabei dachte er daran, dass er, wie immer, wenn es richtig regnete, seinen Schirm daheim vergessen hatte.

Dann richtete er sich in seinem Stuhl besonders gerade auf, schaute den Hausmeister mit ernster Miene an und sagte: »Karl, behalten Sie das zunächst für sich. Herr Zauberer Bim hat seinen Sohn für die 1a angemeldet. Morgen wird er eingeschult. Ich möchte nicht, dass man sich darüber hier in der Schule die Mäuler zerreißt. Und bedenken Sie: Es tut einer schließlich nichts Verbotenes, wenn er sich vom Regen nicht nassregnen lässt. Geben Sie doch zu: Sie und ich, Karl, wir würden es ganz genauso machen, wenn wir es könnten.«
»Gewiss«, pflichtete Karl dem Rektor bei und schaute dabei ziemlich verdattert drein.
»Gibt es noch etwas?«, fragte Rektor Häusler geschäftsmäßig, »wissen Sie, meine Zeit ist heute etwas knapp.«
»Bin schon fort, Herr Rektor«, versicherte Karl eilig. »Schon verschwunden«, meldete er sich noch einmal vom Flur.
Dann war der Rektor wieder allein mit seinen Gedanken und Sorgen.
»Wir werden ein Auge auf das Kind haben müssen«, stellte er fest, als spräche er zum ganzen Lehrerkollegium. »Wie hieß der Knabe doch? Salami Bam? Nein, Simsala«, verbesserte er sich schnell, indem er auf das Anmeldeformular schielte. »Habe ich den Namen nicht schon einmal gehört?« Es wollte ihm aber nicht einfallen.
»Und jetzt muss ich Herrn Martin einweihen«, sagte der Rektor endlich entschlossen und erhob sich, »denn der muss schließlich mit dem kleinen Zauberer in der 1a fertig werden.«

WIE HÜTET MAN EIN GEHEIMNIS?

Draußen vor der Tür des Rektorenzimmers stand Karl, der Hausmeister, und musste erst einmal überlegen. So war das also: Er und der Herr Rektor Häusler würden auch den Regen wegzaubern, wenn sie es könnten. Donnerwetter! Komisch, dass er bisher noch nie auf die Idee gekommen war.

Dann lief Karl eilig zum Heizungskeller. Wenigstens Frau Reinicke, der Putzfrau, und ihrer Tochter Trudel musste er in der Kaffeepause unter dem Siegel absoluter Verschwiegenheit die Neuigkeit mitteilen.

»Morgen«, flüsterte er geheimnisvoll, als er den beiden Frauen gegenübersaß, und wackelte zu jedem Wort bedeutungsvoll mit dem erhobenen Zeigefinger, »morgen wird ein echter Zauberer eingeschult. Es ist damit zu rechnen, dass in Zukunft in der Schule allerlei Hokuspokus getrieben werden wird: Wahrscheinlich werden Hefte verschwinden, Besen durch die Luft fliegen, Lehrer eine lange Nase angehext bekommen und so.« Vielleicht würden er selbst und Rektor Häusler sich an der Zauberei beteiligen, aber das sei noch nicht entschieden.

Karl konnte über die Wirkung, die seine Worte bei Frau Reinicke und Trudel hervorriefen, zufrieden sein.

»Ein echter Zauberer«, rief die Putzfrau ein ums andere Mal, »kann einer da seines Lebens noch sicher sein?« Woher sie ihre Lebensangst hatte, blieb ihr Geheimnis.
Trudel aber bekam einen Kicherkrampf, wie es immer geschah, wenn sie aufgeregt war. »Hokuspokus«, kicherte sie und äugte dabei gespannt in ihre Kaffeetasse, als müsse sich darin auf ihr Wort hin mindestens ein Goldfisch zu tummeln beginnen. Und »Hokuspokus« kicherte sie immer noch, als die Pause um und sie längst wieder dabei war, die langen Flure zu fegen. Und weil sie meinte, unbeobachtet zu sein, schwang sie ein Bein über den Besenstiel, fast gewiss, dass er mit ihr in die Lüfte abheben würde – was er natürlich nicht tat.
Just in dem Augenblick kamen drei junge Lehrerinnen aus dem Konferenzzimmer und überraschten die Putzhilfe bei ihrem merkwürdigen Treiben.
»Wollen Sie fliegen, Trudel?«, rief Fräulein Lämmer, und die anderen beiden lachten dazu. Was blieb dem armen Mädchen anderes übrig, als die drei in das Geheimnis einzuweihen?
»Morgen wird ein echter Zauberer in die 1a eingeschult, dann geht es hier noch ganz anders zu«, flüsterte sie, während sie von ihrem Besen stieg. Und vor Aufregung vergaß sie ganz, die Lehrerinnen darauf hinzuweisen, dass sie nichts weitersagen dürften.
So machte das Geheimnis die Runde, bis man in der Schule die Einschulung von Simsala Bim mit Spannung erwartete.

Auf Feste Hokuspokus tanzte zur selben Zeit ein kleiner Junge ausgelassen um einen großen Tisch herum, der mit einem blauen Samttuch bedeckt war.
»Ich darf in die Schule! Ich darf in die Schule!«, jubelte er. Dabei warf er zahllose kleine farbige Gummibälle an die hohe Zimmerdecke, die er sich von irgendwoher aus der Luft griff, dass es um ihn her nur so hopste und kullerte.
Vater Abra Kadabra Bim saß in seinem hohen Lehnstuhl und freute sich an der Freude des Jungen, bis ihn einer der Gummibälle unvermutet hart an der Nase traf.
»Aufhören«, rief der Zauberer da, plötzlich missgelaunt, »augenblicklich aufhören und aufräumen!«
Sofort hielt Simsala – so hieß der Junge – in seinem Tanz inne, winkte einmal mit der Linken durch die Luft, als wollte er ein großes Spinngewebe entfernen; da waren die Gummibälle spurlos verschwunden.
»Fertig, Papa«, meldete er gehorsam.
Abra Kadabra Bim nickte zufrieden. »Dann geh das Mittagessen zaubern«, sagte er, »aber nicht wieder Pommes Frites. Du weißt, dass du die nicht gut verträgst.«
Simsala setzte sich an den großen Tisch mit der blauen Samttischdecke, tippte mit einem Zauberstab vor sich und gegenüber auf die Tischplatte; da standen dort auf einmal zwei Teller. Auf die gleiche Weise erschienen Messer und Gabeln, Glasschüsselchen für Pudding, ein silberner Salzstreuer und – gerade lange genug, dass der Junge sich einen Würfelzucker herausstibitzen konnte – eine altmodische Zuckerdose; sie war aber, wie gesagt, schon wieder verschwunden, noch ehe der gestrenge Herr Bim sie erspähen konnte.

»Aufgedeckt«, meldete Simsala nun, und der alte Zauberer erhob sich aus dem Lehnstuhl und setzte sich zu seinem Sohn an den Tisch. Neugierig blickte jeder auf des anderen leeren Teller.
»Gibt es heute wieder, was jeder will?«, fragte der Vater und schaute dabei etwas griesgrämig drein.
Simsala nickte. Sie hatten so ein Spiel. Simsala gewann, wenn es ihm gelang, sich dasselbe auf seinen Teller zu wünschen, was sein Vater sich herbeizauberte. Der alte Zauberer hatte es erfunden, damit sein Sohn ab und zu auch Gemüse aß, und gewöhnlich erschienen bei solcher Gelegenheit auf seinem Teller Blumenkohl und Möhrchen mit Kartoffelbrei. (Der Zauberer selbst mochte eigentlich keinen Blumenkohl, und gekochte Möhrchen waren ihm ein Graus. Aber er meinte, Gemüse sei gut für das Kind, womit er schließlich nicht Unrecht hatte.)
Heute konnte Abra Kadabra Bim sich zu solch gesunder Kost nicht entschließen. Statt dessen wünschte sich der alte Zauberer zur Feier des Tages Karpfen in zerlassener Butter mit Salzkartoffeln und Salat.
Was Simsala sich wünschte, lässt sich nicht sagen, denn er kam diesmal mit dem Zaubern vor Aufregung arg durcheinander. Jedenfalls erschien auf seinem Teller ein Bratapfel mit Tomatensoße.
Sein Vater verzog keine Miene. »Aufessen«, brummte er bloß.
So war die Verabredung auf Feste Hokuspokus: Was auf den Tisch kam, auch wenn es herbeigezaubert worden war, das wurde gegessen und durfte nicht weggeworfen werden. Gesegnete Mahlzeit also, Simsala!

EIN WACHES AUGE DES GESETZES

Nach dem Essen saß Abra Kadabra Bim allein bei einer Tasse Kaffee und überlegte. Er hatte sich vorgenommen, eine der schwersten Fragen zu beantworten, die Frage: »Bin ich nun ein Esel, oder bin ich es nicht?«
Während er genüsslich an dem heißen Kaffee nippte und nach der richtigen Antwort forschte, ließ er seinen Blick zum Fenster hinauswandern. Es war dort viel Himmel zu sehen, sehr viel Himmel sogar. In der Ferne ragten einige Bergspitzen steil empor, und dazwischen kreiste gelegentlich ein einsamer Adler. Das war alles.
Endlich schüttelte der Zauberer den Kopf.
»Es ist wirklich einsam hier«, brummte er, »da kann es nicht verwundern, wenn einen die Sehnsucht nach Gesellschaft packt.«

Ihr müsst wissen, dass Herr Bim gar nicht die Absicht gehabt hatte, Simsala in die Schule zu schicken. Die ganze Geschichte hatte vielmehr damit begonnen, dass den Zauberer wieder einmal die Einsamkeit plagte. Wie üblich suchte er in solchen Zuständen einen Kirmesplatz auf und gab dort Zaubervorstellungen. Was hätte er sonst auch tun sollen? Er hatte nichts anderes gelernt; im Zaubern

aber war er Meister. Wenn er auftrat, strömten die Leute in hellen Scharen in das blaue Zelt mit den goldenen Sternen – und der Zauberer konnte sich auf diese Weise auch ein bisschen ganz gewöhnliches Geld verdienen.
Aber etwas war anders an diesem besonderen Tag als sonst: Herr Bim hatte seinen kleinen Sohn Simsala mitgenommen, der eben sieben Jahre alt geworden war. Der hatte keine Lust verspürt, allein daheim auf die Rückkehr des Vaters zu warten.
Weil Simsala nun schon einmal dabei war, konnte der alte Zauberer es nicht lassen, ihn auch auf der Bühne zu zeigen. Bei seiner letzten Nummer, wenn er gewöhnlich einige Kaninchen aus dem Hut zog, zauberte er diesmal das Kind herbei, machte ein paar Tricks und ließ Simsala dann in einer rosa Nebelwolke wieder verschwinden. Das Publikum klatschte Beifall wie noch nie.
Nach der Vorführung hätte Abra Kadabra Bim mit Simsala einfach schnell nach Hause fahren können, wie er es sonst auch tat; dann wäre alles ohne besondere Überraschungen für ihn abgelaufen. Aber Simsala hatte noch nie in seinem Leben eine Kirmes gesehen und plagte seinen Vater, ihn nur ganz kurz einmal zwischen den Ständen und Karussels herumlaufen zu lassen. (Ihr wisst ja sicher selbst ganz gut, wie Kinder das machen.) Der Zauberer hatte nichts dagegen einzuwenden. Er fand es sogar eine nette Idee, und so spazierte er, immer noch in seinem dunkelblauen Umhang und mit dem spitzen Hut auf dem Kopf, mit Simsala an der Hand durch die Gassen der Stände.
Der kleine Zauberer wusste nicht, was er zuerst bestaunen sollte. Am meisten aber hatte es ihm ein Karussel an-

getan, auf dem sich kleine Holzpferde zu Musik im Kreis drehten. Ob er ganz geschwind mal auf einem reiten dürfte? Er durfte.

Der alte Zauberer sah die Freude in den Augen des Kindes leuchten und ging eben mit sich zu Rate, ob er seinen Sohn nicht öfter mitnehmen sollte.

Da klopfte ihm jemand auf die Schulter, räusperte sich und sagte: »Entschuldigen Sie, Herr Zauberer. Aber darf ich Sie etwas fragen?«

Herr Bim wandte sich um und sah sich einem Polizisten gegenüberstehen.

»Bitte sehr, mein Herr«, erwiderte er höflich, »stehe zu Diensten.«

Der Polizist räusperte sich noch einmal. Er hatte sein Lebtag noch nicht mit einem echten Zauberer gesprochen und war etwas aufgeregt. Dann stellte er sich vor: »Ich bin Wachtmeister Hurtig und habe Ihre Kunststücke gesehen. Wunderbar, Herr Zauberer, ganz wunderbar. Aber dieser Junge, den Sie da spazierenführen, ist er – hm – echt?«

»Ganz echt«, erklärte Herr Bim stolz.

»So, so«, brummte Wachtmeister Hurtig, »also kein Zaubertrick. Habe ich mir beinahe gedacht. Entschuldigen Sie, wenn ich noch weiterfragen muss. Dieses Kind, geht es in die Schule?«

»Ach nein«, lächelte Herr Bim, »das ist in unserer Familie nicht üblich, wissen Sie. Keiner seiner Vorfahren ist je in die Schule gegangen.«

Wachtmeister Hurtig nickte. Auch diese Antwort schien er erwartet zu haben. Dann stellte er sich kerzengerade

vor dem Zauberer auf, versuchte, möglichst amtlich dreinzublicken, und sagte mit fester Stimme: »Herr Bim, die Zeiten ändern sich aber, und heute muss das Kind in die Schule gehen. Verstehen Sie bitte: Es *muss*, von Gesetzes wegen. Wenn Sie den Jungen nicht bei Ihrer nächstgelegenen Schule anmelden, machen Sie sich strafbar, und ich müsste Sie – hm – festnehmen. Ja.«
Der Zauberer runzelte die Stirn. Was gab es doch für seltsame Sachen. Tatsächlich, von einer Schulpflicht für Kinder hatte er noch nie etwas gehört.
»Und wenn ich mich«, knurrte er endlich, »wenn ich mich einer Festnahme entzöge? Sie wissen ja: Ich verstehe mich da auf verschiedene Tricks.«
»Das werden Sie als Ehrenmann nicht tun«, antwortete Wachtmeister Hurtig bestimmt.
»Nein, das werde ich als Ehrenmann nicht tun«, nickte der Zauberer unglücklich.
»Also, wir verstehen uns«, stellte Wachtmeister Hurtig erleichtert fest.
Er schlug die Hacken zusammen und legte grüßend die Hand an seinen Polizeihelm, und der alte Zauberer, ohne sich zu besinnen, tat es ihm gleich. Das hatte zur Folge, dass plötzlich auch auf seinem Kopf ein Polizeihelm erschien. Der war aber so schnell wieder verschwunden, dass Wachtmeister Hurtig keine Gelegenheit blieb, ihm auch noch mit einer Anzeige wegen unerlaubten Uniformtragens zu drohen.
Simsala kam eben fröhlich vom Karussel dahergesprungen und bettelte noch im Laufen: »Papa, bitte, darf ich noch einmal? Nur noch ein einziges Mal!«

Dem Zauberer aber war plötzlich die Lust auf Gesellschaft vergangen. Deshalb knurrte er nur gereizt »Nein!«, nahm seinen Sohn an der Hand und beeilte sich, zur Feste Hokuspokus zurückzukommen.
Daheim saß er dann lange mit einem Zirkel über eine Landkarte gebeugt. Himmel, wo in aller Welt sollte er wohl die nächstgelegene Schule finden? Endlich entschied sich der Zauberer für Heitersdorf, weil der Ort einen so freundlichen Namen hatte. Eine nächstgelegene Schule zur Feste Hokuspokus gab es sowieso nicht.

»Bin ich nun ein Esel, oder bin ich es nicht?«, überlegte der Zauberer.
Hätte er Simsala nicht zur Kirmes mitgenommen, wäre niemand darauf gekommen, dass sein Sohn unverzüglich eingeschult werden müsste. Aber das arme Kind, das nun, weil das Gesetz es so verlangte, zur Schule gehen musste, war gar nicht traurig darüber. Im Gegenteil: Simsala freute sich ganz unbändig auf die Schule.
»Wenn Simsala sich auf die Schule freut, kann's so dumm doch nicht gewesen sein«, entschied der Zauberer endlich. Weil er dann aber kein Esel war, tat er sich zur Belohnung aus der schnell herbeigezauberten Silberdose noch ein paar Zuckerwürfel in den Kaffee und schlürfte die süße Brühe zufrieden hinunter.
»Vielleicht sollte ich dem Hurtig ein kleines Geschenk machen«, überlegte er weiter. »Im Grunde hat er uns da auf eine recht unterhaltsame Idee gebracht.«

DIE ERSTE STUNDE

Rektor Häusler erwartete Herrn Bim und seinen Sohn Simsala an der Schulpforte. Er wollte selbst das Kind in seine Klasse bringen.

Der alte Zauberer hatte versucht, seinen Sohn möglichst unauffällig zu kleiden, und hatte dazu extra ein Bilderbuch aus der Bibliothek geholt, um nachzuschauen, wie normale Kinder angezogen würden. (Die Feste Hokuspokus lag, wie ihr schon wisst, weitab von jeglicher menschlichen Behausung, und wenn der alte Zauberer einmal einen Besuch in der Stadt machte – was selten genug geschah –, dann achtete er nicht just darauf, was man kleinen Kindern heutzutage anzieht.) Dass das Buch, in welchem er sich kundig machen wollte, die Mode früherer Jahrhunderte zeigte, hatte der Zauberer in der Eile übersehen.

So trug der Junge heute keinen spitzen Zaubererhut und auch nicht den weiten Umhang mit den gestickten Zauberzeichen darauf. Statt dessen hatte Abra Kadabra Bim ihm eine wunderschöne reinweiße Bluse mit Rüschen an der Knopfleiste gezaubert, eine samtene Kniebundhose aus dunkelblauem Stoff, rote Seidenstrümpfe und schwarze Lackschuhe mit goldenen Schnallen.

Simsala war ordentlich stolz auf die Sachen.

Rektor Häusler musterte das Kind mit Staunen, verlor aber kein Wort darüber, sondern führte die Bims ins obere Stockwerk, wo das helle Klassenzimmer der 1a lag. Die Blicke, die ihnen heimlich folgen, bemerkten sie gar nicht.
»Dein Lehrer heißt Herr Martin«, sagte Rektor Häusler zu dem kleinen Zauberer. »Er freut sich schon, dass du in seine Klasse kommst.«
»Hoffentlich bleibt's dabei«, lachte der alte Zauberer, und aus lauter Dankbarkeit und Freude darüber, dass Simsala in die Schule aufgenommen worden war, zauberte er dem Rektor schnell einen großen goldenen Orden an die Brust.
Rektor Häusler blickte etwas verdutzt drein. Das konnte ja heiter werden!
»Herr Bim, bitte«, räusperte er sich, »bitte schön. Aber das Zaubern hat innerhalb der Schule gänzlich zu unterbleiben.«
Der alte Zauberer nickte lächelnd.
»Entschuldigen Sie, Herr Rektor«, erwiderte er, »ich wollte Ihnen nur eine kleine Freude machen.«
Dann schaute er den goldenen Orden auf Herrn Häuslers Brust streng an und wies mit dem Zeigefinger seiner Rechten befehlend auf das Fenster, an dem sie eben vorübergingen.
Dem Rektor blieb nun doch die Spucke weg. Denn auf einmal begann sein Orden mit den Flügeln zu schlagen, verwandelte sich von seiner Brust weg in ein goldenes Vögelchen und flog zwitschernd hinaus.
»Potzblitz«, brummte der Rektor überrascht, »das war etwas.«
»Wenn Sie möchten, kann ich Ihnen gern das eine oder

andere beibringen«, bot Herr Bim zuvorkommend an. »Es gibt Sachen, die lernt jemand wie Sie innerhalb von zehn Jahren mit Leichtigkeit.«

Dabei versuchte er, mit seinem weißen Taschentuch unauffällig einen kleinen Fleck wegzuwischen, den das Goldvöglein in der Aufregung auf Rektor Häuslers Anzugjacke zurückgelassen hatte.

»Danke bestens«, antwortete der Rektor höflich, »ich werde auf Ihr Angebot zurückkommen, wenn ich pensioniert worden bin.«

Simsala war still hinter den beiden Männern zurückgeblieben und hatte mit großen Augen alles betrachtet, was es auf einem Schulflur so zu sehen gab.

Für einen Moment hatte er vor der Reihe goldgerahmter Bilder gestanden, welche die früheren Rektoren dieser Schule zeigten. Es war eine sehr alte Schule. Freundlich hatte er den schnurrbärtigen alten Herren zugeblinzelt, die ziemlich streng auf ihn herabschauten. Als er weiterging, zwinkerten auch die alten Rektoren mit dem linken Auge und sahen plötzlich gar nicht mehr so streng aus.

Der große Gummibaum in der Ecke des Flurs trug, seitdem die kleine Hand des Kindes im Vorbeigehen liebevoll über seine Blätter gefahren war, prächtige gelbe Blüten, einen Schmuck, von dem er sich bisher nie hatte träumen lassen.

Und aus dem Wasserhahn wäre beinahe Limonade geflossen. Aber gerade, als Simsala diese kleine Verbesserung vornehmen wollte, traf ihn der warnende Blick seines Vaters, sodass er es doch lieber unterließ.

Jetzt rief Rektor Häusler so zufrieden, als hätte er Vater

Bim auf einem außerordentlich schwierigen Weg endlich glücklich zum Ziel geführt: »So, da wären wir also.«
Dann klopfte er laut an die Tür der 1a. Drinnen konnte man es rascheln hören, wie es eben raschelt, wenn zwanzig Erstklässler zugleich von ihren Plätzen aufspringen. Dann rief eine freundliche Stimme: »Herein.«
Die Tür wurde aufgerissen, und als der Rektor mit Herrn Bim und Simsala eintrat, sahen sie Herrn Martin mit beiden Armen dirigieren, und sie hörten die Kinder laut und aufgeregt – und deshalb nicht ganz sauber – »Viel Glück und viel Segen« singen.
Simsala stand in der Türöffnung und betrachtete scheu die singenden Kinder. Im Herzen aber war er froh, so froh, dass er zu ihnen in die Klasse gehen durfte, dass auch er ihre Lieder lernen würde und die Spiele, die sie spielten.
Nachdem die Klasse das Lied erst einstimmig gesungen und dann noch einmal im Kanon versucht hatte – was ein tolles Durcheinander gab –, riefen die Kinder im Chor: »Gu – ten Mor – gen Sim – sa – la«, wie sie es mit Herrn Martin eingeübt hatten.
»Guten Morgen«, erwiderte Simsala artig und räusperte sich, weil ihm vor lauter Glück ein Kloß im Hals steckte. Dann, ohne sich recht zu bedenken, warf er die Arme hoch in die Luft und rief: »Juchhei!«
Da regnete es plötzlich Schokoladentaler auf die Erstklässler herab, dass die zunächst überrascht in Deckung gingen, sich dann aber jubelnd um den unerwarteten Segen zu balgen begannen.
»Simsala!«, zischte der alte Zauberer streng und wischte schnell mit der Linken durch die Luft.

Da war von den Schokoladentalern nichts mehr zu sehen. Der Junge aber stand mit rotem Kopf beschämt vor seinen neuen Kameraden.
»Setzt euch!« rief Herr Martin bestimmt, und die Kinder suchten überrascht ihre Plätze auf. Worum hatten sie sich eben eigentlich gerangelt?
»Du darfst hier in der ersten Reihe sitzen«, sagte Herr Martin nun zu Simsala und zeigte ihm seinen Platz neben einem blondzopfigen Mädchen.
»Dies ist Ruth«, stellte er sie vor, »und dies ist Simsala«, sagte er zu dem Mädchen.
Simsala verbeugte sich höflich. Ruth kicherte.
Nun mussten die Erstklässler noch im Chor: »Guten Morgen, Herr Rektor« und »Guten Morgen, Herr Bim« sagen. Rektor Häusler sprach die üblichen Ermahnungen aus – »Seid lieb zu eurem neuen Kameraden. Zeigt ihm, wie man fleißig lernt« und so weiter –, dann verließ er zusammen mit dem alten Zauberer die Klasse.
Die Erstklässler reckten die Hälse, um den Neuen gut sehen zu können. Die blondzopfige Ruth flüsterte: »Stimmt es, dass du ein echter Zauberer bist?«
Simsala nickte beklommen. Er wusste nicht, ob Zauberersein gut war oder schlecht.
»Toll«, murmelte Ruth.
So musste es wohl etwas Gutes sein.
»Schwatzen dürft ihr aber während des Unterrichts nicht«, ermahnte da Herr Martin die beiden Kinder in der ersten Reihe, »wartet bis zur Pause, dann habt ihr Gelegenheit genug.«
Dann begann der Unterricht für Simsala.

Der Lehrer schrieb mit Kreide ein wundersames Zeichen an die Tafel, das die Kinder abmalen mussten. Auch der kleine Zauberer bekam ein Blatt und einen Stift. Lesen konnte er ja noch nicht und Schreiben schon gar nicht. Aber er konnte zaubern. Deshalb brauchte er mit seinem Stift nur auf das Blatt zu tippen, und sogleich stand der Buchstabe, den Herr Martin an die Tafel geschrieben hatte, sauber auch auf seinem Papier.

Das ging ganz schnell, und so hatte Simsala ausgiebig Zeit zu beobachten, wie sich die übrigen Kinder beim Schreiben mühten und dabei eifrig die Zungenspitze herausstreckten. Das Zungenspitze-Herausstrecken übte Simsala auch und fand es wunderbar.

Herr Martin ging durch die Reihen und schaute sich an, was die Kinder schrieben. Als er das Blatt von Simsala sah, hob er es hoch, zeigte es der Klasse und sagte: »Da schaut einmal, wie sauber und ordentlich euer neuer Kamerad schon an seinem ersten Schultag schreiben kann.«

Simsala war ordentlich stolz auf das unverdiente Lob des Lehrers.

Dann läutete es, und die Kinder durften in die Pause gehen.

DER KLEINE ZAUBERER PACKT SEINE SCHULTÜTE AUS

Die Erstklässler umringten den Neuen und bestaunten ihn.
»Hast du immer so komische Sachen an?«, wollte ein Mädchen wissen.
Ein dicker Junge fragte: »Hast du gar kein Schulbrot mit?«
»Wie ist es, wenn dein Vater Zauberer ist?«, erkundigte sich ein anderer mit einer Brille.
Was sollte Simsala darauf erwidern? Es war ja alles neu für ihn.
»Nein«, sagte er zu dem Mädchen, das nach seinen Anziehsachen gefragt hatte, und wischte heimlich vorn an der Bluse herunter, dass wenigstens die Rüschen verschwanden, auf die er am Morgen noch so stolz gewesen war.
»Doch«, sagte er zu dem dicken Jungen, der sich nach dem Schulbrot erkundigt hatte, und zog vor dem staunenden Blick des neuen Kameraden aus der rechten Hosentasche einen Toast hervor mit Schinken und Käse und einem Spiegelei obendrauf.
»Halt so, wie es ist«, erklärte er schließlich dem dritten, der ihn nach seinem Vater gefragt hatte, »dein Vater ist doch auch irgendwas, oder?«

»Ja, Busfahrer«, antwortete der Junge, »und deshalb darf ich immer umsonst mit den Bussen fahren.«
»Eben«, sagte Simsala, »weil mein Vater Zauberer ist, darf ich auch immer umsonst zaubern.«
Die Kinder verstanden sich bestens.
»Als wir eingeschult worden sind«, sagte ein Mädchen, »haben wir eine Schultüte bekommen. Hast du keine Schultüte?«
»Doooch«, erwiderte Simsala gedehnt, »habe ich auch. Wie sah deine denn aus?«
»Och, so glitzrig halt«, beschrieb das Mädchen, »mit oben einer Schleife, und drinnen waren lauter Süßigkeiten und Stifte und ein Buch.«
»Und meine war ganz blau mit Tieren drauf, Hunden und Katzen und so«, fiel ein Junge begeistert ein, »und, Mann, war die voll mit Sachen.«
Da wollten auch die übrigen Erstklässler nicht zurückstehen und begannen lauthals, ihre Schultüten zu beschreiben, dass der Pausenhof davon nur so widerhallte, der kleine Zauberer aber fast kein Wort verstand.
Als es endlich wieder leiser wurde, murmelte er: »Ich hab natürlich auch eine. Aber mein Vater hat gesagt, dass ich sie nicht in die Klasse mitnehmen soll. Ich hab sie da drüben hinter dem Busch versteckt.«
Damit lief der Junge zum Gebüsch, das auf einer Seite den Schulhof eingrenzte, verschwand darin – und tauchte wenig später mit seiner Schultüte im Arm wieder auf.
Der Form nach sah sie aus wie eine ganz gewöhnliche Einkaufstüte, aber sie glitzerte in allen Farben. Die Hunde und Katzen, die darauf abgebildet waren, konnten die Au-

gen öffnen und schließen, leise bellen und miauen und mit den Schwänzen wedeln.
Die Erstklässler hatten so etwas Wundervolles noch nie gesehen.
Endlich fragte der dicke Junge: »Und was ist drin in der Tüte? Die ist doch ziemlich klein, oder?«
Simsala musterte seine Schultüte unsicher.
»Was meinst du denn?«, fragte er endlich zurück.
»Schokolade vielleicht«, erwiderte der dicke Junge.
Der kleine Zauberer fasste in die Tüte – und tatsächlich, er holte eine Schokolade nach der anderen heraus.
Jetzt wollte ein anderes Kind sein Glück versuchen. »Salzstangen«, riet es – und Simsala zog Salzstangen hervor.
»Wachsstifte«, vermutete ein Mädchen.
»Was ist das?« fragte der kleine Zauberer verlegen, und es zeigte sich, dass Wachsstifte nicht in seiner Tüte waren.
Aber Zuckerkekse fanden sich darin und ein Ball, ein Flugzeug, ein Taschenmesser mit sieben Klingen, eine Streichholzschachtel, ein Radiergummi, ein Hammer, lange Nägel, Wiener Würstchen, noch warm ... Es gab fast nichts, was die Kinder vergebens geraten hätten.
Schade, dass irgendwann die Glocke zur nächsten Stunde läutete und der Freude der Erstklässler vorerst ein Ende machte.
»Ist auch eine Puppe in deiner Schultüte«, flüsterte Ruth noch schnell, als sie schon wieder auf ihren Plätzen saßen, »eine mit goldenen Haaren und einem rosa Kleid, die richtig weinen kann?«
»Bestimmt«, erwiderte Simsala verlegen, »nur – ich hab die Tüte leider verloren.«

ZEHN WENIGER SECHS IST MANCHMAL DREIZEHN

»Jetzt wollen wir Simsala zeigen, was wir im Rechnen schon alles gelernt haben«, sagte Herr Martin.
Er verteilte an die Kinder kleine Säckchen, in denen es geheimnisvoll klickerte. Auch Simsala bekam eins und befühlte es neugierig.
»Es sind Kieselsteine drin«, flüsterte Ruth ihm leise zu. Aber Herr Martin schaute sie ernst an und legte den Zeigefinger auf die Lippen.
»In jedem Säckchen sind zehn Kieselsteine«, sagte der Lehrer, »das haben wir schon herausgefunden. Weil aber niemand unsere Säckchen bewacht hat heute nacht, als wir nicht da waren, könnte es ja sein, dass ein Räuber gekommen ist und ein paar Steine gestohlen hat. Zählt also vorsichtshalber noch einmal nach, wie viele Steine jeder von euch hat.«
Die Kinder schütteten die Kieselsteine vor sich auf die Bank und begannen eifrig zu zählen.
»Nun, was habt ihr herausgefunden?«, fragte Herr Martin nach einer Weile.
Es zeigte sich, dass wohl doch kein Räuber dagewesen war, denn alle Kinder hatten zehn Steine vorgefunden. Nur Simsala saß bestürzt vor einem größeren Steinehaufen.

»Sind das zehn?«, fragte er den Lehrer und bekannte beschämt: »Ich kann doch nur bis fünf zählen.«
Ruth musste für ihn nachzählen.
»Siebzehn«, stellte sie endlich fest, »der Räuber war doch da und hat in Simsalas Säckchen sieben Steine mehr versteckt.«
Herr Martin wiegte ungläubig den Kopf. Wortlos nahm er sieben Kiesel an sich und steckte sie in seine Hosentasche.
»Tu die Übrigen mal wieder hinein in deinen Sack, Simsala«, sagte er möglichst ruhig.
Auch die anderen Kinder mussten ihre Kiesel zurück in die Säckchen stecken. Dann begann das Rechnen.
»Nehmt vier Steine heraus«, befahl der Lehrer, »und zählt, wie viele Kieselsteine dann noch im Säckchen sind.«
»Sechs«, riefen nach einer Weile die Kinder.
»In Simsalas sind acht«, stellte Ruth trocken fest.
»Stimmt das wirklich?«, fragte Herr Martin stirnrunzelnd.
Der kleine Zauberer hatte das Gefühl, dass er schon wieder etwas falsch gemacht hätte. Beschämt schüttelte er das kleine Säckchen. »Nein, es war noch einer drin«, rief er erleichtert. »Ist es so recht?«
Der Lehrer nickte Simsala freundlich zu, antwortete aber nicht. Statt dessen wandte er sich wieder der Klasse zu.
»Tut alle Steine wieder in die Säckchen, und nehmt dann sechs Steine heraus«, sagte er. »Wie viele Steine sind noch in den Säckchen?«
Diesmal riefen die Kinder nach schweigendem Auszählen: »Vier.«
Nur Ruth meldete: »In Simsalas sind dreizehn.«

Herr Martin dachte nach. Wie sollten die Kinder Rechnen lernen, wenn bei dem kleinen Zauberer immer etwas anderes herauskam? So rief er Simsala zu sich und sagte: »Du darfst ins Schulbüro laufen und neue Kreiden holen. Willst du das?«

»Gern«, erwiderte der kleine Zauberer höflich.

»Lass dir ruhig Zeit auf dem Weg«, ermunterte der Lehrer den Jungen, »du kennst ja die Schule noch nicht und musst alles erst einmal gründlich anschauen. Ruth kann mit dir gehen, dass du dich nicht verläufst.«

Aufatmend sah er, wie die beiden Kinder die Klasse verließen. Das Rechnen konnte weitergehen. Zehn weniger sechs war, zumindest für die nächsten zehn Minuten wieder vier, nicht dreizehn.

ERSTE ERFAHRUNGEN

Im Schulbüro erhielten die Kinder ihre Kreiden.
»Lass uns zum Sportplatz gehen«, schlug Ruth vor, »da ist es toll.«
Der Lehrer hatte ja gesagt, Simsala sollte sich alles gut anschauen. So rannten sie zum großen Turnplatz und setzten sich dort auf den Rasen. Simsala öffnete die Kreideschachtel.
»Schöne Farben, nicht?«, sagte Ruth.
»Schön, ja«, erwiderte Simsala.
Nach einer Weile fragte er: »Ist auch rot dabei und grün?«
»Klar«, rief das Mädchen und zeigte sie ihm, »da hast du sie doch vor der Nase.«
»Schon«, entgegnete der kleine Zauberer, »ich kann sie halt nicht so gut erkennen. Für mich sind sie bloß grau.«
Ruth staunte. »Und kannst du das nicht einfach wegzaubern?«, fragte sie neugierig.
»Nein«, antwortete Simsala kurz angebunden und klappte die Schachtel schnell zu.
Sie schauten den Großen zu, die eben ein Fußballspiel begonnen hatten. Eifrig liefen die Jungen dem Ball hinterher und jagten ihn von einer Seite des Feldes zur anderen. Simsala fand das alles höchst überraschend. Er sah, wie die

Kinder sich freuten, wenn einer der ihren den Ball erwischt hatte, und sah auch, wie die anderen versuchten, ihm den Ball wieder abzujagen. Der kleine Zauberer verfolgte ihr Spiel gespannt.
Plötzlich sah Ruth, wie Simsala aufsprang und zum Sportfeld lief. Am Rand des Feldes sah sie ihn mit den Händen eine Bewegung machen, als wolle er Wasser aus einem Teich schöpfen. Zugleich bemerkte sie, wie unter die Fußballspieler Unruhe kam. Beide Mannschaften hatten auf einmal einen Ball, mit dem sie auf das Tor des Gegners zu stürmten.
Als die Jungen es bemerkten, hielten sie verwundert im Spiel inne. Dann begannen sie zu schimpfen. Ein paar der Jungen wiesen auf den kleinen Zauberer, und andere drohten ihm gar mit der Faust.
Da rief Ruth so laut sie konnte: »Simsala, komm! Herr Martin wird uns schon vermissen.«
Der kleine Zauberer fuhr mit der Linken durch die Luft, aber das war kein Winken, es sah vielmehr wie ein Wischen aus. Auf dem Fußballfeld mussten sie jetzt wieder mit einem Ball auskommen. Traurig kehrte Simsala zu dem Mädchen zurück.
»Sie haben sich gar nicht gefreut«, brummelte er schulterzuckend, »und vorher haben sie sich alle um den einen Ball gestritten.«
»Vielleicht wollten sie sich streiten«, suchte Ruth das Verhalten der Jungen zu erklären.
»Gibt es das auch?«, fragte Simsala überrascht zurück. Sein Vater hätte das bestimmt nicht erlaubt.
»Mach dir nichts draus«, tröstete ihn das Mädchen, »ich

jedenfalls hätte mich sehr gefreut, wenn du mir einen eigenen Ball gezaubert hättest.«
Da war Simsala wieder froh. Heimlich überlegte er, wie er seiner neuen Freundin eine große Freude machen könnte.
Als die Kinder in die Klasse zurückkamen, war Herr Martin eben mit dem Rechnen fertig geworden. Dankbar nickte er dem kleinen Zauberer zu, der ihm die Kreideschachtel übergab.
»Habt ihr euch ein wenig umgeschaut?«, fragte er freundlich.
»Ein wenig«, erwiderte Simsala kurz und seufzte dann: »Ich muss noch viel lernen.«
»Dafür bist du ja in der Schule, Simsala«, sagte der Lehrer.
»Er kann Rot und Grün nicht unterscheiden«, musste Ruth eine Neuigkeit bekanntgeben.
»Dafür kann er anderes umso besser«, erwiderte Herr Martin schnell und warf Ruth einen strengen Blick zu.
»Ja, Fußbälle zaubern kann er toll«, gab das Mädchen zu, »besser als jeder andere.«
Damit war der erste Schultag für den kleinen Zauberer beendet. Die Kinder durften ihre Sachen einpacken, sich verabschieden und nach Hause gehen.
Herr Martin hielt Simsala an der Tür zurück. »Du hast noch keine Hausaufgaben auf wie die anderen Kinder«, sagte er, »aber bitte deinen Vater, dass er dir bis morgen beibringt, wieviel zehn weniger fünf ist.«
Simsala versprach, mit seinem Vater zu üben.

ZWEI ZAUBERER ÜBEN RECHNEN

Am Schultor wartete Herr Bim auf Simsala. Schweigend gingen sie nebeneinander hinter den Schulgebäuden zu einem freien Feld.
Herr Bim schaute sich um. Als er sicher war, dass niemand sie beobachtete, schnippte er mit den Fingern: Da lag plötzlich ein Teppich vor ihnen auf dem Boden. Die beiden Zauberer setzten sich darauf, und der Teppich erhob sich in die Luft und flog mit ihnen davon.
»War es schön in der Schule?«, fragte Herr Bim den kleinen Zauberer.
»Jaha«, erwiderte Simsala zögernd. »Aber du musst mir beibringen, wie viel zehn weniger fünf ist«, fügte er bittend hinzu, »das habe ich nämlich nicht gewusst.«
»Zehn weniger fünf«, brummte Herr Bim und wiegte den Kopf, »das kommt doch immer darauf an.«
»In der Schule kommt es immer gar nicht auf nichts an«, erklärte der kleine Zauberer, »da ist es immer nur ein und dasselbe. Das Mädchen, das neben mir sitzt, die Ruth mit den blonden Zöpfen, die viel kleiner ist als ich, die kann das. Sie kann auch zählen, und schreiben kann sie auch, jedenfalls ein bisschen.«
»Lernt sich alles«, beruhigte ihn der alte Zauberer. Dann

in einem plötzlichen Entschluß griff er mit der Rechten in die Luft – und hielt zehn Kieselsteine in der Hand.
»Lass es uns einmal versuchen«, ermunterte er Simsala. Gemeinsam beugten sie sich über die Steine, der eine zählte fünf auf seine Seite, der andere fünf zu sich herüber. In der Mitte blieben sieben Kiesel liegen.
»Merk's dir gut, mein Sohn«, sagte der alte Zauberer zufrieden und schüttete alle Steine wieder zusammen.
Sie versuchten ihr Glück aufs Neue. Beim zweiten Auszählen blieben in der Mitte zwölf Kiesel zurück.
»Kommt bei euch in der Schule wirklich immer ein und dasselbe heraus?«, fragte Herr Bim ungläubig und betrachtete nachdenklich die Kieselsteine.
»Immer«, bestätigte Simsala tonlos.
Da griff Herr Bim die Kiesel, warf sie in die Luft und sah ihnen nach, wie sie als zahllose bunte Falter davonflogen.
»Egal«, sagte er, »in der Schule wirst du es noch lernen. Jetzt aber wollen wir überlegen, was wir uns zum Mittagessen zaubern sollen. Wie wäre es mit –« Er schien gründlich zu überlegen, dann fuhr er fort: »– Bratäpfeln mit Tomatensoße?«
Da mussten beide lachen.
»Nein«, prustete Simsala fröhlich, »heute will ich lieber sauren Hering in Himbeermarmelade – mit Senf.«
Was sie sich noch alles gewünscht haben mögen, ging in ihrem Gelächter unter. Ja, die beiden Zauberköche auf dem fliegenden Teppich lachten so sehr, dass sie beinahe heruntergefallen wären, und als sie endlich fertig gelacht hatten, sahen sie schon die Türme der Feste Hokuspokus in den blauen Himmel ragen. Sie waren wieder daheim.

DAS GOLDENE SCHLÄNGLEIN

Am nächsten Tag stand Simsala pünktlich zum Schulbeginn an seinem Platz neben Ruth.
»Guten Morgen, liebe Kinder«, sagte Herr Martin, als alle still waren.
»Gu – ten Mor – gen, lie – ber Herr Mar – tin«, erwiderten die Erstklässler und setzten sich.
»Heute wollen wir wieder schreiben«, erklärte Herr Martin, »damit auch Simsala unsere Buchstaben bald gelernt hat.«
Blätter wurden ausgeteilt, Stifte hervorgezogen. Simsala hatte keinen Schulranzen, dennoch hielt er einen Stift in der Hand. Wie Ruth bewundernd wahrnahm, war er ganz golden.
Der Lehrer wandte sich zur Tafel und schrieb. Dann fragte er die Kinder: »Was ist das für ein Buchstabe?«
»Ein L«, wetteiferten die Kinder um die schnellste Antwort.
Herr Martin nickte zufrieden. »Schreibt es schön groß auf euer Blatt, dass es ordentlich Platz hat, und seht zu, dass es sich ganz rund macht. Keine Ecken, bitte.«
Die Kinder schrieben eifrig.
Simsala steckte, wie er es am Vortag geübt hatte, die Zun-

genspitze heraus, ließ sie eifrig von einem Mundwinkel zum anderen wandern und schaute Ruth zu, wie sie sich abmühte, ein schönes rundes L zu malen.

Plötzlich merkte das Mädchen, dass der kleine Zauberer sie beobachtete.

»Guck weg«, zischte sie ärgerlich, »ich bin noch nicht fertig.«

Dann schaute sie auf Simsalas Blatt, das noch ganz unberührt war, und fragte: »Wann fängst du denn an mit deinem L?«

»Och«, erwiderte der kleine Zauberer und beugte sich brav über sein eigenes Papier, »jetzt vielleicht.«

Er nahm seinen schönen goldenen Stift und machte damit in die untere linke Ecke des Blattes einen kleinen Punkt.

»So«, sagte er dann befriedigt und lehnte sich zurück.

Ruth staunte.

»Was soll denn das?«, wunderte sie sich.

»Wart ab«, erwiderte Simsala ruhig, »ein L werden natürlich. Hat Herr Martin doch gesagt.«

Und es wurde ein L, und was für eins, eins, das sich wirklich ohne Ecken rundete. Erst rundete es sich nur ein wenig. Aus dem kleinen Punkt streckte sich ein winziger Schlangenkopf hervor. Dem Kopf folgte ein schlanker Leib, der sich in immer größeren Schleifen über das Blatt ringelte, bis er fast an allen Seiten den Rand berührte. Da schnippte Simsala leise mit den Fingern, und das goldene Schlänglein legte sich hin und muckste sich nicht mehr.

»Was für ein prachtvolles L«, lobte Herr Martin, der zu dem kleinen Zauberer getreten war. »Aber unsere liebe Ruth hat ganz vergessen, ihr L fertigzumalen.«

Ruth wollte dem Lehrer erklären, warum sie es vergessen hätte. Aber ihr fehlten die Worte. Mit rotem Kopf beugte sie sich wieder über ihr Blatt.
»Nun wollen wir noch das S schreiben«, gab Herr Martin jetzt bekannt und wandte sich wieder zur Tafel. Er malte eine wunderschön geschwungene S-Linie, und die Kinder nahmen ein neues Blatt, griffen wiederum zu ihren Stiften und begannen, den Buchstaben abzumalen.
Nur in der ersten Reihe passierte erst einmal gar nichts. Simsala betrachtete seine schlafende goldene L-Schlange, und Ruth betrachtete Simsala.
Endlich wurden sie von Herrn Martin überrascht, der leise hinter sie getreten war.
»Was fehlt euch beiden denn?«, wollte er wissen.
Ruth wurde wieder rot, der kleine Zauberer aber flüsterte: »Sie sollte noch etwas schlafen. Aber jetzt ist's genug.«
Damit strich er dem goldenen L vorsichtig mit dem Zeigefinger über den Rücken. Da kam Leben in den Buchstaben. Er begann sich zu winden und zu drehen. Das goldene Schlänglein löste sich aus der L-Schlinge, richtete sich auf und schaute für einen Augenblick mit Kopf und Schwanzspitze über den Rand des Papiers hinaus. Da aber gab ihm Simsala einen leichten Schlag mit dem Finger auf die Nase, dass es sich schnell wieder auf das Blatt zurückzog, wo es endlich in einem herrlichen goldenen Schwung zur Ruhe kam.
Für einen Augenblick hatte auch der Lehrer vergessen, wo er war. Als das goldene Schlänglein aber so still auf dem Papier lag, als wäre es nichts anderes als ein großes geschwungenes S, erwachte er wieder.

»So geht das aber nicht«, sagte er ernst zu dem kleinen Zauberer, »du sollst doch die Buchstaben malen lernen. Goldschlangen können wir in der Schule nicht gebrauchen.«

Simsala schaute betreten auf sein Blatt.

»Entschuldigung, Herr Martin«, flüsterte er, »ich wollte es nur recht machen.«

Ohne aufzublicken, schnippte er wieder leise mit den Fingern. Da regte sich die goldene Schlange, wand sich einmal um sich selbst und huschte dann von dem Papier herunter. Nach einem kurzen Zögern ließ sie sich vom Rand des Tisches auf den Boden fallen und war im nächsten Augenblick unter dem Türspalt verschwunden.

Mit Gejohle sprangen da die Erstklässler auf und wollten dem Schlänglein nachsetzen. Aber als sie die Tür aufrissen – Herrn Martins »Auf die Plätze!« hatten sie gar nicht gehört –, war von dem Tierchen nichts mehr zu sehen.

Es kostete den Lehrer einige Kraft, sich zu entschließen, mit dem Schreiben noch eine Weile fortzufahren. Die Kinder mussten noch ein M und ein B malen, und Ruth durfte Simsalas Hand führen, damit er es auch richtig machte.

Als Herr Martin dann die krakeligen Buchstaben auf den Blättern des kleinen Zauberers anschaute, war er erleichtert. Ja, so war's recht.

»Die darfst du deinem Vater zeigen«, sagte er anerkennend.

Simsala zuckte nur mit den Schultern. Er schien von der Vorstellung nicht sonderlich angetan zu sein. Herr Martin sah, wie er die Blätter, ehe er sie beiseitelegte, kurz ausschüttelte.

»Warum das?«, fragte er den kleinen Zauberer und nahm die Blätter noch einmal zur Hand. Da waren sie genauso weiß wie am Anfang der Stunde.
»Schade!«, meinte der Lehrer.
»Ach, ich kann's ja einfach neu machen«, entschuldigte sich Simsala, »aber beschriebenes Papier findet Papa unordentlich.«
Herr Martin seufzte. Wie anders waren doch die Verhältnisse, wenn man einen Zauberer zum Vater hatte! Für einen Augenblick überlegte er, ob er Simsala nach der Stunde nicht alle Blätter der Kinder zum Ausschütteln geben sollte. Aber dann würde der kleine Zauberer noch schwerer begreifen, wie es in der gewöhnlichen Welt zuging. Der Lehrer verzichtete auf die Idee.

UND OB DIE TROMPETEN SCHMETTERN!

»Legt eure Blätter und Stifte beiseite, und steht auf!«, rief Herr Martin.
Die Erstklässler kramten eine Weile herum, dann standen sie hinter ihren Stühlen und schauten ihren Lehrer erwartungsvoll an.
»Wir wollen ein neues Lied lernen«, verkündete Herr Martin, »das heißt, eigentlich ist es ein ganzes Konzert.«
Die Kinder waren sehr gespannt.
Herr Martin sang ihnen vor – er hatte eine schöne Tenorstimme –: »Die Geigen, sie singen, sie jubeln und klingen.«
Die Erstklässler sangen es ihm nach und konnten es schnell auswendig.
»Was sind Geigen?«, fragte Simsala leise seine Nachbarin.
»Halt so ein Kasten mit vier Saiten darüber«, flüsterte sie zurück, »mit dem Bogen kann man darauf spielen.«
Der kleine Zauberer versuchte, es sich vorzustellen; es fiel ihm nicht leicht.
»Die Trompeten, sie schmettern«, sang Herr Martin nun vor, »tärä tärä tärä, tärä tärä tärä«, und die Kinder fielen fröhlich mit ein und tätäräten um die Wette.
»Das klingt ja wunderbar«, freute sich der Lehrer. »Nun

legt einmal die Hände wie einen Trichter an den Mund und singt so das Tärä tärä. Ihr werdet sehen, das schmettert noch viel besser.«

Er hatte Recht.

Die Kinder bildeten mit ihren Händen Trichter an den Mündern, wie Herr Martin es ihnen vorgemacht hatte. Simsala in der ersten Reihe drehte sich um und dirigierte mit den Händen, wie er es den Lehrer bei seiner Begrüßung hatte machen sehen.

Plötzlich trompetete es in der 1a wie ein echtes Blasorchester, dass der Lehrer sich die Ohren zuhalten musste. In der 12a aber, die einen Stock tiefer bei Rektor Häusler eine Lateinarbeit schrieb, zitterten die Lampen, und die Schüler schauten erschrocken nach oben, bis der Lärm mit einem Schlag verstummte.

»Salamander«, schimpfte Rektor Häusler, »oder wie der kleine Bums heißt. Es ist bestimmt dieser kleine Zauberer.«

Die Zwölftklässler beugten sich wieder über ihre Arbeit.

»Trompeten«, wollte Ruth ihrem Nachbarn flüsternd erklären, »sind …«

Aber: »Kenne ich«, erwiderte Simsala kurz, »so Blechdinger halt, die schmettern.«

Ruth nickte.

Herr Martin war etwas ungehalten.

»Warst du das, Simsala?«, fragte er, als die Kinder wieder auf ihren Plätzen saßen.

»Auch«, gab Simsala kleinlaut zu. »War es nicht schön?«

Da musste Herr Martin lachen.

»Doch«, gab er prustend zu, »doch. Aber für die Schule war es ein bisschen zu laut, weißt du?«

Der kleine Zauberer nickte artig. Wie schwer war es doch, es diesem Lehrer in allem Recht zu machen.

Auf dem Nachhauseweg fragte Simsala auf einmal seinen Vater: »Weißt du, was eine Geige ist?«
Herr Bim lächelte. »Gewiss doch, mein Sohn. Habt ihr darüber etwas in der Schule gelernt?«
Aber Simsala antwortete nicht auf die Frage. Er versuchte zu erinnern, was Ruth ihm erklärt hatte: ein Kasten mit vier Saiten und einem Bogen zum Spielen.
»Ist das eine Geige?«, fragte er plötzlich. »Wie spielt man die, dass sie singt und klingt?«
In der einen Hand hielt der kleine Zauberer eine viereckige Holzschachtel, über die überkreuz vier Saiten gespannt waren. In der anderen Hand hielt er einen Flitzebogen.
Der alte Zauberer betrachtete das Instrument mit großem Interesse.
»Scheint mir eher eine sogenannte Simsaline zu sein«, meinte er ernst. »Man wirft sie hoch in die Luft und schießt ihr einen Pfeil nach. Wenn man den richtigen Ton trifft, darf man noch einmal schießen. Aber ein solches Instrument zu spielen, ist sehr schwer«, brummte er, »fast noch schwerer als Rechnen.«
Simsala musterte die Schachtel und überlegte. Sollte er sie morgen Herrn Martin als Geschenk mitbringen? Der könnte sie vielleicht spielen. Herr Martin konnte außer Zaubern gewiss alles. Endlich aber warf Simsala sie über die linke Schulter; da war sie verschwunden.
Man wusste bei diesem Lehrer nie, ob er sich freuen würde oder nicht.

ALLEIN ZUR SCHULE

Abra Kadabra Bim hatte Schnupfen und einen dicken Hals. Als er Simsala am Morgen weckte, hörte sich sein Singen ziemlich genau so an, als würde in der Nähe eine rostige Schleifmaschine gedreht.

Der kleine Zauberer, der es genoss, wenn sein Vater sang, und sich dann gern noch einmal tiefer in die Kissen kuschelte, sprang erschrocken aus dem Bett.

»Was ist kaputt?«, fragte er aufgeregt.

»Mein Hals«, knarrzte sein Vater, »das tägliche Fliegen in der frischen Luft bekommt mir nicht mehr so gut.«

Wenn es dem alten Zauberer schlecht ging, war Vorsicht geboten, das wusste Simsala. Er zog sich deshalb heute besonders schnell und ordentlich an, zauberte Zähne und Hals besonders gründlich sauber und dachte sogar ganz von allein auch an seine Füße (obwohl die es nun wirklich nicht nötig hatten; aber da sind Kinder und Eltern manchmal unterschiedlicher Meinung).

Zum Frühstück zauberte der Junge seinem Vater ein weichgekochtes Ei und, weil ihm das, als er selbst noch ganz klein war, so sehr gut getan haben sollte, ein Gläschen mit Lebertran. Abra Kadabra Bim rasselte ein kaum verständliches »Danke!«, spülte den Lebertran, ohne mit

der Wimper zu zucken, in einem Schluck herunter und machte sich dann genüsslich über sein Ei her.
Simsala aß ein Butterbrot mit Himbeermarmelade und überlegte dabei, was er wohl machen sollte, wenn er nicht in die Schule konnte. Es würde gewiss ein höchst langweiliger Tag werden ohne die Erstklässler und Herrn Martin, das sah er deutlich voraus. Wie schnell er sich doch an die Schule gewöhnt hatte!
Als sein Vater ihm das ausgelöffelte Ei zuschob – mit der Spitze nach oben natürlich, ein Trick, den nicht nur Zauberer kennen – und behauptete, er hätte auf einmal doch keine Lust auf weichgekochte Eier, vergaß Simsala beinahe, so zu tun, als freute er sich. Abra Kadabra Bim musste erst einen kleinen Hustenanfall bekommen, um Simsala aus seinen Überlegungen zu reißen. Weil es sich nun einmal so gehörte, nahm der kleine Zauberer das leere Ei, schlug es mit dem Messerende auf und tat ganz überrascht, als ein Küken den Kopf aus der Schale herausstreckte und piepste. Aber er überließ es seinem Vater, zu schnippen und so das arme Küken aus dem Eierbecher zu erlösen.
»Papa«, seufzte Sinsala endlich, »mir fällt gar nicht ein, was ich den ganzen Tag über tun soll.«
Der alte Zauberer runzelte die Stirn.
»Was gibt es da zu überlegen?«, krächzte er, »vormittags bist du in der Schule, und nachmittags machst du Hausaufgaben, wenn dein Lehrer es erlaubt.«
»Dann«, stotterte der Junge überrascht, »dann –, dann darf ich in die Schule, obwohl dir dein Hals so weh tut und du die frische Luft nicht mehr so gut verträgst?«
Abra Kadabra Bim nickte.

»Du musst eben allein fliegen. Der Teppich wird den Weg schon finden.«
Das war eine ungeheure Sache. Den Trick mit dem fliegenden Teppich dürfen Zaubererkinder nämlich erst lernen, wenn sie so groß und vernünftig sind, dass sich ihre Eltern keine Sorgen mehr um sie zu machen brauchen. Solange sie klein sind, ist der fliegende Teppich für sie ebenso verboten wie das Fahrradfahren auf der Straße für gewöhnliche Kinder.
»Ich besorge dir einen kleinen fliegenden Teppich«, sagte der alte Zauberer, »den kannst du aufrollen und unter einem Busch verstecken, solange du in der Schule bist. Nach dem Unterricht brauchst du dich dann nur draufzusetzen und heimzufliegen. Und das tust du bitte gleich und ohne noch viel herumzuspielen. Sonst muss ich mir Sorgen machen, und das bekommt meinem Hals nicht.«
Mit Pudelmütze und dickem Schal warm vermummelt, machte sich Simsala wenig später allein auf den Schulweg. Was hatte er seinem Vater nicht noch alles versprechen müssen: gut auf den Teppich zu achten, erst loszufliegen, wenn er sicher war, dass niemand ihm zuschaute, unter keinen Umständen andere Kinder mitfliegen zu lassen, keine scharfen Kurven zu fliegen und nicht zu schnell zu beschleunigen.
»Sachte kommt auch voran«, hatte der Vater gebrummt, und Simsala, stolz wie er war, hatte ihm alles zugesagt.
Pünktlich zehn Minuten vor Beginn des Unterrichts landete der kleine Zauberer auf dem freien Feld unweit der Schule, rollte seinen Teppich ein, versteckte ihn in dem Gebüsch, aus dem er an seinem ersten Schultag die Schul-

tüte hervorgezaubert hatte, und lief dann, immer zwei Stufen auf einmal nehmend, zur 1a hinauf.
Fröhlich grüßte er im Vorübergehen die Reihe der goldgerahmten ehemaligen Rektoren an der Wand des Flurs und erlaubte ihnen, zur Abwechslung mit dem rechten Auge zu zwinkern. Die dicken Staubflocken auf den breiten Blättern des Gummibaums verwandelte er rasch in Schneeflocken, und beim Wasserhahn kam ihm wieder die Idee mit der Limonade.
Aber Herr Martin stand in der Klassentür und blickte ihm erwartungsvoll entgegen. Das erinnerte den kleinen Zauberer daran, dass manche Dinge in der Schule eigentlich verboten waren, und so blieb es beim Wasser.
Der Unterricht an diesem Tag verlief, ohne dass etwas Besonderes vorgekommen wäre. Kleinigkeiten, die Simsala mehr aus Versehen unterliefen, störten Herrn Martin nicht; er tat einfach so, als hätte er nichts bemerkt.
(Aus dem Augenwinkel hatte der Lehrer natürlich wahrgenommen, dass Ruth aus ihrem Rechensäckchen keine Kieselsteine, sondern Schokoladenbonbons hervorschüttelte. Er hatte auch bemerkt, dass Rüdiger, als er in der Nase bohrte, plötzlich einen ganz goldenen Finger hervorzog und deshalb beinahe weinen musste. Aber Herr Martin blieb ganz ruhig und ließ sich nichts anmerken.)
Simsala, das war deutlich zu sehen, bemühte sich redlich, ein ganz normaler Schuljunge zu sein.
Dass trotzdem auch an diesem Tag etwas geschah, das eigentlich nicht hätte geschehen sollen, war wirklich nicht die Schuld des kleinen Zauberers.
Was hätte er denn machen sollen, als er nach der Schule

seinen kleinen fliegenden Teppich aus dem Gebüsch holen wollte und der verschwunden war? Natürlich versuchte Simsala zunächst, sich einfach einen anderen zu zaubern. Aber das war eben gar nicht so einfach, weil er den Trick noch nicht beherrschte. So war alles, was er zustande brachte, eine Fußmatte, auf der er gerade stehen konnte, die aber einfach nicht fliegen wollte.
Er musste, um wieder nach Hause zu kommen, unbedingt den kleinen Teppich finden.

WER HAT DEN FLIEGENDEN TEPPICH GESEHEN?

Aufgeregt rannte Simsala zum Schulhaus zurück.
»Hilfe, Herr Martin«, rief er dabei laut, »jemand hat meinen Teppich gestohlen.«
Einige Erstklässler, die noch auf dem Hof herumbummelten, hörten Simsala schreien und folgten ihm in die Klasse, wo Herr Martin den Jungen zu beruhigen suchte.
»Simsala, was ist denn geschehen?«, fragte er freundlich. »Von was für einem Teppich redest du?«
»Na, von dem im Gebüsch«, sprudelte der Junge hervor, »er ist weg, und jetzt kann ich nicht nach Hause. Und wenn ich nicht nach Hause komme, macht mein Vater sich Sorge, und das tut seinem Hals nicht so gut.«
Der Lehrer kam sich schrecklich dumm vor, denn er verstand kein Wort von dem, was Simsala da sagte. Er hatte keinen Teppich gesehen, und selbst wenn das Kind wirklich einen im Gebüsch versteckt hatte und der fortgekommen war, so sah er nicht ein, warum der kleine Zauberer heute nicht ohne seinen Teppich nach Hause gehen konnte.
»Morgen können wir in den anderen Klassen fragen, ob jemand den Teppich gesehen hat«, schlug er Simsala vor, »ich verspreche dir, dass ich es nicht vergesse.«

»Und wie soll ich dann heute nach Hause kommen?«, fragte Simsala erstaunt zurück.
»Wie bist du denn hergekommen?«, fragte Herr Martin.
»Ganz allein mit dem Teppich«, erwiderte der kleine Zauberer stolz, »aber zaubern kann ich mir noch keinen. Dazu bin ich noch zu klein.«
Auf einmal ging dem Lehrer ein Licht auf.
»War das«, fragte er langsam, »war das etwa – ein fliegender Teppich?«
»Natürlich«, antwortete Simsala. »wie sollte er mich denn sonst nach Hause bringen?«
Die Erstklässler, die dabeistanden, stubsten sich vor Aufregung mit den Ellbogen in die Seiten. Sie hatten ein Zaubererkind in der Klasse, das auf einem fliegenden Teppich in die Schule kam. Was waren sie doch für Kerle!
»Kinder«, sagte Herr Martin jetzt ernst, »wir müssen suchen. Denn zur Feste Hokuspokus gibt es wahrscheinlich keine Straßenbahnverbindung, und Simsala kommt ohne seinen Teppich tatsächlich nicht nach Hause. Marsch. Wer den Teppich findet, braucht zur Belohnung keine Hausaufgaben zu machen.«
Da rannten die Erstklässler auseinander, als wäre ein Wirbelsturm unter sie gefahren.
Nur Simsala zögerte noch einen Augenblick.
»Herr Martin«, murmelte er und sah seinen Lehrer bittend an.
»Was gibt es denn noch, Simsala?«
»Wenn ich den Teppich selbst finde, darf ich dann zur Belohnung Hausaufgaben machen?«, bettelte das Kind.
Herr Martin fuhr ihm lächelnd über das strubbelige Haar.

»Abgemacht, Simsala«, sagte er, »wenn du selbst deinen fliegenden Teppich findest, darfst du zur Belohnung Hausaufgaben machen.«
Zufrieden rannte da der kleine Zauberer den übrigen Erstklässlern nach.
Es gab ein heilloses Durcheinander in der Schule.
Überall wurden Türen aufgerissen, kleine Köpfe steckten sich herein und riefen, ohne sich darum zu kümmern, was gerade für ein Unterricht gehalten wurde: »Hat jemand Simsalas fliegenden Teppich geklaut?«
Und weil jeder Erstklässler auf eigene Faust suchte, konnte das in einer Klasse mehrmals hintereinander geschehen.
Den Lehrern standen die Haare zu Berge.
Natürlich hörte auch Rektor Häusler den Lärm im Schulhaus und beeilte sich, ihm ein Ende zu bereiten.
»Was ist denn in euch gefahren, ihr kleinen Kobolde?«, schimpfte er laut durchs Treppenhaus. »Wollt ihr augenblicks in eure Klasse zurückgehen?«
Die Erstklässler aber schrien nur zurück: »Herr Martin hat gesagt, wir sollen Simsalas fliegenden Teppich suchen«, und stürmten weiter.
Zum Glück kam just in diesem Augenblick Karl, der Hausmeister, aus dem Heizungskeller und hörte, was die Kinder riefen. Er schnappte ein kleines blondzopfiges Mädchen, das eben an ihm vorbeilaufen wollte, bei der Schulter und fragte: »Was schreit ihr da?«
Ruth rief, indem sie sich freizumachen suchte: »Wir sollen Simsalas fliegenden Teppich finden, den jemand aus dem Gebüsch geklaut hat. Herr Martin hat's gesagt.«

»So renn doch nicht gleich weg, dummes Ding«, brummte der Hausmeister und schnappte sich die Kleine, die eben wegschlüpfen wollte, aufs Neue, »der Teppich hängt doch unten im Heizungskeller auf der Leine.«
Da hatte es Ruth plötzlich nicht mehr eilig wegzukommen. Stattdessen schrie sie: »Alle herkommen! Ich hab' ihn!«
So sah Karl sich im Nu von einer Schar von Erstklässlern umringt, die alle den Teppich sehen wollten.
»Na, dann kommt mal mit«, brummte er, schlufte zurück zum Heizungskeller, und die Kinder polterten ihm nach. Frau Reinicke war unten dabei, den kleinen Teppich zu reinigen, den Trudel gefunden hatte, als sie die weggeworfenen Papiere auf dem Schulgrundstück auflas. Sie hatte ihn dazu über eine Leine gehängt und bearbeitete ihn eben heftig mit dem Teppichklopfer, als die Kinder hereingetobt kamen.
»Da ist er ja«, riefen sie durcheinander, aber keines wagte, den Zauberteppich anzufassen.
»Wer ist da?«, fragte Frau Reinicke überrascht und unterbrach das Teppichklopfen.
»Na, Simsalas fliegender Teppich«, tönte es ihr entgegen, als hätte sie das eigentlich selbst wissen können.
»Wenn ihr mich zum Narren halten wollt«, schimpfte Frau Reinicke erbost und drohte den Kindern mit dem Klopfer.
»Nichts für ungut, Frau Reinicke«, sagte da Herr Martin. Er war seinen Erstklässlern gefolgt und hatte auch Simsala mitgebracht, den er kopfüber in einer Mülltonne gefunden hatte.

»Die Kinder wollen Sie wirklich nicht narren, gewiss nicht. Wir sind nur froh, dass wir Simsalas fliegenden Teppich wiedergefunden haben. Der Junge kommt sonst nämlich nicht nach Hause«, fügte er erklärend hinzu.
Frau Reinicke schaute den Teppich an, als wollte der sie beißen.
Der Lehrer aber wandte sich zu Simsala und sagte: »Das ist doch dein Teppich, oder?«
Der kleine Zauberer musterte den Teppich. Er war sich, ehrlich gesagt, nicht ganz sicher, denn er hatte ihn sich am Morgen gar nicht aufmerksam angeschaut.
»Er wird es schon sein«, erwiderte er endlich zögernd, »ich kann's ja mal ausprobieren.«
»Au fein«, schrien die Erstklässler durcheinander, dass es im Heizungskeller nur so dröhnte, »mach uns vor, wie du fliegst, Simsala.«
Und da war's eben geschehen.
Eigentlich hatte Simsala seinem Vater ja versprochen, den Teppich nicht zu zeigen, aber nun hatten ihn alle gesehen. Und ob es überhaupt der richtige Teppich war, würden sie erst wissen, wenn er tatsächlich fliegen konnte.
Schweren Herzens nahm der kleine Zauberer den ausgeklopften Teppich von der Leine und trug ihn hinaus auf den Schulhof. Die Erstklässler bildeten einen engen Kreis um ihn. Aber auch Herr Martin, Frau Reinicke und Trudel sowie Karl, der Hausmeister, guckten neugierig, was jetzt wohl geschehen würde.
Drüben im Schulhaus drückten sich die Schüler der höheren Klassen an den Fensterscheiben die Nasen platt, und selbst ganz oben, dort, wo das Zimmer des Rektors war,

hätte jemand hinter der weißen Gardine eine Gestalt herausspähen sehen, wenn jemand nach dort oben geschaut hätte – was niemand tat.
Simsala hockte sich auf den kleinen Teppich, flüsterte kaum hörbar: »Mein Vater hat's eigentlich verboten«, und dann machte er mit der Rechten eine flinke Bewegung, als wollte er einen Teller durch die Luft werfen.
»Ooooo«, rief es da vielstimmig auf dem Pausenhof, denn der Teppich hatte sich mit dem kleinen Zauberer wirklich in die Luft erhoben und schwebte dicht über den Köpfen der Erwachsenen langsam in einer großen Schleife dahin.
Die Erstklässler hüpften vor Aufregung wie Gummibälle.
»Toll«, riefen sie und klatschten begeistert in die Hände.
Simsala freute sich über ihre Bewunderung. Er ließ den Teppich noch etwas langsamer und noch etwas niedriger fliegen.
»Dürfen wir auch mal?«, begannen nun die Kinder zu betteln, aber Simsala schüttelte den Kopf.
Dass er keine Kinder herauflassen würde, hatte er seinem Vater hoch und heilig versprochen.
Da hörte er, wie ein Junge rief: »Ist ja lahm, der Teppich.«
»Lahme Ente«, nahm ein anderer das Stichwort auf.
»Lahme Kiste«, schrie ein dritter.
»Vielleicht sind die Motten drin«, vermutete nun der erste Junge laut.
»Kein Benzin mehr«, lachte der zweite.
Plötzlich war ein neues Spiel im Gang, ein Spiel, das dem kleinen Zauberer allerdings überhaupt nicht gefiel. Es wurmte ihn sehr, dass die Kinder seinen Teppich schlecht machten.

»Passt nur auf«, flüsterte er und tätschelte den Teppich, wie ein Reiter sein braves Pferd tätscheln mag.
Auf einmal machte der Teppich einen Satz und sauste im Steilflug auf das oberste Stockwerk der Schule zu, dass der Rektor sich erschrocken duckte und hinter der Fensterbrüstung Deckung suchte. Der Teppich mit dem kleinen Zauberer flog knapp über das Schulhausdach, umrundete einmal den Schornstein und stürzte dann in sausender Fahrt auf den Kreis der Kinder hinab. Die stoben schreiend auseinander.
Da zügelte der kleine Zauberer seinen Teppich wieder und ließ ihn sanft neben seinem Lehrer landen.
»Vielen Dank, dass Sie mir suchen geholfen haben«, sagte er höflich und verbeugte sich. »Nun komme ich doch wieder nach Hause.«
»Mach nur schnell«, erwiderte Herr Martin lächelnd, »damit dein Vater nicht vor Sorgen noch kränker wird. Bis morgen, Simsala.«
»Bis morgen, Herr Martin«, rief Simsala. Aber er zögerte noch.
»Hast du noch etwas auf dem Herzen?«, fragte der Lehrer freundlich.
»Die Hausaufgaben«, flüsterte Simsala so leise, dass Herr Martin es kaum verstehen konnte, »darf ich die machen, obwohl ich den Teppich nicht selbst gefunden habe?«
»Mach du die Hausaufgaben, mein Kind«, lachte Herr Martin, »aber ohne Zaubern.«
Und er drohte Simsala freundlich mit dem Finger.
»Ohne Zaubern«, versprach der Junge und hatte es plötzlich sehr eilig.

Geschwind hockte er sich nieder und machte die wegwerfende Bewegung mit der Rechten. Ab ging die Fahrt.
»Voll durchgestartet«, stellte der Junge fest, der den Teppich »lahme Ente« genannt hatte, und blickte dem kleinen Zauberer bewundernd nach, der gerade noch als kleiner Punkt in der Ferne zu erkennen war.

WEIZENSÄEN

Simsala war heute spät dran. Er hatte, ehrlich gesagt, auf dem Weg getrödelt, denn es war ein wunderbarer Sonnenmorgen, und der Teppich flog so schön gleichmäßig dahin. Da hatte der Junge sich auf den Rücken gelegt, sich von der warmen Sonne den Bauch bescheinen lassen und war, ehe er sich's versah, plötzlich eingenickt.
Hätte der Teppich nicht auf einmal einen kleinen Satz gemacht – vielleicht hatte Vater Abra Kadabra Bim mit seiner Kristallkugel nachgesehen, was Simsala auf dem Schulweg wohl trieb, und ein wenig nachgeholfen –, der kleine Zauberer hätte die erste Stunde des Unterrichtes noch ganz versäumt. So aber fuhr er erschrocken aus seinem Schläfchen auf, tätschelte den Teppich, damit er Fahrt aufnahm, und jagte in größtem Tempo weiter.
Es läutete eben, da kam Simsala durch das offene Klassenfenster gesaust, bremste den Teppich ab, indem er einmal über die erschrockenen Erstklässler hinwegkurvte, und landete mit einem ziemlichen Bums neben seiner Bank.
»Da bin ich«, sagte er mit rotem Gesicht, obwohl die anderen Kinder das natürlich längst gemerkt hatten.
Schnell rollte er den fliegenden Teppich zusammen und verstaute ihn im Klassenschrank. Dann war er soweit.

»Dann können wir ja beginnen, wenn du da bist, Simsala«, bemerkte Herr Martin und versuchte, recht streng zu schauen.
Aber es gelang ihm nicht. Dem kleinen Zauberer, wie er da stand mit den vom Fahrtwind zerstrubbelten Haaren, den leuchtend roten Backen und der Armesündermiene, konnte er einfach nicht böse sein.
»Steh morgen etwas früher auf«, schlug der Lehrer leise vor.
»Vielleicht sollte ich lieber etwas später schlafen gehen«, erwiderte ebenso leise der Junge, »nicht schon auf dem Schulweg.«
Dann begann der Unterricht.
Er begann damit, dass Herr Martin sich über seine Aktentasche beugte und darin herumkramte. Eine ganze Weile raschelte es geheimnisvoll. Die Erstklässler gerieten ordentlich in Spannung. An dem, was Herr Martin dann zum Vorschein brachte, schien allerdings wenig Spannendes zu sein.
»Och, Körner«, rief Rüdiger enttäuscht, »mag ich nicht.«
Die anderen Kinder sagten nichts, sie wussten auch nicht, was sie hätten sagen sollen. Manche von ihnen hatten solche Körner, wie der Lehrer zeigte, noch nie gesehen, auch Simsala nicht.
»Es ist Weizen«, erklärte Herr Martin, »und wir wollen ihn nicht essen, sondern aussäen. Heute ist ein viel zu schöner Tag, um im Klassenzimmer zu hocken. Ich denke, wir gehen in den Schulgarten und säen Weizen aus.«
Der Meinung schlossen sich die Erstklässler jubelnd an. Der Lehrer musste sie ermahnen, ganz leise zu sein, sonst

wären sie vor lauter Freude die Treppe hinuntergetobt, ohne auf die übrigen Klassen Rücksicht zu nehmen. So aber schlichen sie jetzt wie die Mäuschen hinter Herrn Martin her – oder jedenfalls so, wie diese Erstklässler sich Mäuschen vorstellten.

Im Schulgarten war bereits ein Feld vorbereitet worden. Die Kinder brauchten die umgegrabene Erde nur noch mit der Hacke zu bearbeiten, dass der Boden schön locker wurde, und sie dann glatt zu harken. Das war noch mühsam genug.

Dann bekam jeder Schüler ein Stückchen Feld zugeteilt. Dort durfte er mit dem Zeigefinger Löcher bohren und in diese ein paar Weizenkörner streuen. Die Erstklässler taten es mit Hingabe. Die Löcher wurden wieder gut verschlossen. Herr Martin zog einen langen Gartenschlauch heran und besprengte die Saat. Dann sangen die Kinder das Lied von dem Bauern, der im Märzen die Rösslein anspannt.

»Jetzt müssen wir den Weizen ruhen lassen«, sagte Herr Martin endlich. »Aber bald werden wir herkommen können und nachschauen, ob sich schon grüne Spitzen zeigen. Und noch eine kleine Weile später sind dann auf einmal die grünen Halme da, und dann dauert es gar nicht mehr lange, bis wir das Korn ernten können.«

Die Erstklässler folgten Herrn Martin zurück ins Schulhaus. Am Wasserhahn im Flur wuschen sich alle die Erde von den Händen, und Simsala war insgeheim froh, dass sie es nicht mit Limonade zu tun brauchten.

Sie hatten sich kaum wieder auf ihre Plätze begeben, da klingelte es zur Pause.

»Ist die Stunde schon vorbei?«, wunderte sich Herr Martin und blickte prüfend auf den kleinen Zauberer.
Aber der war wirklich nicht Schuld daran, dass es geläutet hatte.
»Also springt in die Pause«, rief der Lehrer, »Rechnen müssen wir halt morgen wieder.«
Die Kinder stürmten hinaus.
Simsala aber mochte nicht in die Pause gehen. Herr Martin schrieb ins Klassenbuch, dann blickte er auf.
»Na, Simsala, gibt es noch etwas?«
Der Junge nahm den Lehrer bei der Hand. »Können wir schnell noch einmal bei meinem Feld vorbeischauen?« bettelte er. »Ob sich die grünen Spitzen schon zeigen.«
»So schnell geht das nicht, Simsala«, lächelte Herr Martin, »nächste Woche frühestens lohnt es sich nachzusehen.«
Simsala blickte ihn zweifelnd an.
»Also komm«, entschied da der Lehrer, »du kannst dich selbst überzeugen. Das ist sowieso das Beste.«
Den kleinen Zauberer an der Hand, lief er hinüber zum Schulgarten. Ruhig lag das Feld, das die Erstklässler soeben bearbeitet hatten, Sonne, Wind und Regen preisgegeben. Nur an einer Ecke hatte sich etwas verändert.
»Sehen Sie?« Beglückt deutete Simsala auf ein paar wenige grüne Spitzen, die dort hervorlugten, wo er seine Saat der Erde anvertraut hatte. »Sie kommen schon.«
Er hockte sich am Feldrand nieder und betrachtete liebevoll die zarten Blättchen. Dann sprang er auf und rief: »Jetzt können wir wieder gehen.«
Er hüpfte fröhlich voraus. Herr Martin folgte ihm kopfschüttelnd.

In der nächsten Stunde hatten sie Musik. Weil alle so fleißig mitmachten, erlaubte Herr Martin, dass sie – »Aber nur ganz leise!« – noch einmal wie ein echtes Blasorchester tätäräen durften. Die Erstklässler waren selig.

Danach erzählte ihnen der Lehrer eine Geschichte, und dann durften sie nach Hause gehen.

»Halt. Ich habe die Hausaufgaben vergessen«, rief Herr Martin, als alle schon ihre Ranzen auf dem Rücken hatten. Die Gesichter der Schüler verdüsterten sich etwas. Aber der Lehrer achtete nicht darauf.

»Malt mir zu Hause ein Bild«, sagte er, »wie ihr meint, dass der Weizen aussehen wird, der auf unserem Feld wächst.«

Dann ließ er sie laufen.

»Wir müssen noch mal nachschauen gehen«, sagte Simsala zum Lehrer, als die anderen Kinder fort waren, und griff entschlossen nach seiner Hand.

»Müssen wir das?«, fragte Herr Martin überrascht zurück. »Hast du so wenig Geduld, Simsala? Du musst doch der Sonne etwas Zeit lassen. Die kann nicht so schnell zaubern wie du.«

»Vielleicht doch«, erwiderte der Junge knapp.

Sie gingen zum Schulgarten.

Und siehe da: Die grünen Spitzchen auf Simsalas Feld waren tatsächlich seit der Pause tüchtig weitergewachsen und hatten sich zu prächtigen Sonnenblumen entfaltet, die mit schweren Köpfen freundlich zu Simsala herabnickten.

»Hm«, brummte der Lehrer nur und wusste nicht, was er sagen sollte.

»Ist er schön, mein Weizen?«, wollte Simsala gern wissen.
»Schön ist er schon«, erwiderte Herr Martin endlich, »nur Weizen ist es nicht geworden. Der sieht ein bisschen anders aus. Hast du noch keinen gesehen?«
Das Kind schüttelte den Kopf.
»Bei uns zu Hause gibt es keine Felder. Da ist es eher kahl.«
Der Lehrer seufzte.
»Und wenn du dich doch ein wenig geduldest und es Sonne, Wind und Regen überlässt, den Weizen in ihrem eigenen Tempo hervorzuzaubern? Was meinst du?«
Der kleine Zauberer war unschlüssig. Er hatte es mit den Sonnenblumen so gut gemeint.
»Pass mal auf, Simsala«, schlug Herr Martin vor, »ich will heute nachmittag meiner Verlobten einen Besuch machen. Da wäre es schön, wenn ich ein paar Blumen mitbringen könnte. Die Sonnenblumen sind allerdings etwas groß dafür. Aber vielleicht könntest du sie ja dazu überreden, sich in rosa Rosen umzaubern zu lassen. Meinst du, dass das geht?«
»Dann müssen Sie aber weggucken«, erwiderte der kleine Zauberer.
Der Vorschlag des Lehrers schien ihm zu gefallen.
Also drehte Herr Martin sich um und hielt obendrein noch die Hand vor die Augen.
»Müssen sie unbedingt rosa sein?«, hörte er den kleinen Zauberer fragen, und ohne zu überlegen, nickte er heftig mit dem Kopf.
»Jetzt«, sagte Simsala endlich, und der Lehrer durfte wieder schauen.

Na, so etwas. Wo eben noch Sonnenblumen in stolze Höhe emporgeragt waren, wuchsen nun tatsächlich Rosen, zwar nicht am Stock, sondern direkt aus der braunen Erde. Doch es waren eindeutig Rosen: hier eine und da eine und dort eine. Aber was war das nur für eine eigenartige Farbe? Gewiss ein höchst merkwürdiges Rosa, hier eher grau, dort eher grün. Da erst erinnerte sich der Lehrer, dass Simsala ja etwas farbenblind war, dass er Rot und Grün nicht unterscheiden konnte.
»Danke, mein liebes Kind«, sagte er und pflückte die Zauberblumen, »die Dame, für die sie gemeint sind, wird sich über den Strauß sehr freuen.«
Die Dame, das war seine Verlobte, Fräulein Dorothea Haller, der er schon viel von dem kleinen Zauberer erzählt hatte. Herr Martin war sich sicher, dass ihr auch graue Rosen recht waren.

TOLLE AUSSICHTEN

Als Simsala nach Hause kam, saß Abra Kadabra Bim in seinem Lehnstuhl und las interessiert in der Zeitschrift »Der Zauberstab«.

Simsala liebte dieses Blatt, weil es so hübsch bunt war und immer irgendwelche unerwarteten Überraschungen barg. Es konnte geschehen, dass einem, wenn man das Heft aufschlug, alle Buchstaben entgegengepurzelt kamen. Wer den Trick nicht kannte, dem blieb nichts mehr zu lesen übrig; er konnte nur noch die Buchstaben zusammenfegen. Die echten Zauberer kannten den Trick natürlich und konnten leicht machen, dass sich die Buchstaben wieder hübsch in der rechten Reihenfolge auf den Seiten anordneten.

Manchmal begann »Der Zauberstab« auch zu singen, und einmal hatte es aus ihm hervorgezwitschert wie ein ganzer Vogelchor. Simsala war damals noch nicht in die Schule gegangen und hatte den ganzen restlichen Tag damit zugebracht, die Zeitschrift auf- und zu- und wieder aufzuschlagen, um den Vögeln zuzuhören.

Einmal hatte es einen Bericht von einem Zauberer in der Südsee gegeben. Da war Herrn Bim, als er sich's eben gemütlich gemacht hatte, beim Aufblättern eine große Welle Salzwasser auf den Schoß geschwappt. (Abra Kadabra Bim hatte damals ernsthaft überlegt, ob er den »Zauberstab« abbestellen sollte, hatte dann aber vorgezogen, über die Ferkelei zu lachen, und sie schließlich mit einer kurzen Handbewegung aus der Welt gewischt.)

»Gibt's was Besonderes?«, fragte Simsala neugierig.

Sein Vater blickte auf. Er sah sehr unternehmungslustig aus.

»Bist du mir böse, wenn du mal wieder für ein paar Tage Dornröschen spielen musst?«, fragte er den Jungen. »In Indien gibt es einen großen Zaubererkongress; da würde ich gern hinfliegen.«

Dornröschen spielen hieß, dass Abra Kadabra Bim Simsala einen langen Schlaf mit vielen lustigen Träumen zauberte. Wenn der Junge daraus erwachte, war der Vater von seiner Reise wieder zurück.

Als er noch ganz klein war, hatte Simsala oft Dornröschen spielen müssen und nichts dabei gefunden. Jetzt aber verzog er traurig das Gesicht.

»Dann kann ich ja nicht in die Schule gehen«, murmelte er.

»Und wäre das so schlimm?«, wollte der alte Zauberer wissen.

»Sehr«, antwortete Simsala mit Nachdruck.

»Hm.« Abra Kadabra Bim klappte die Zeitschrift zu und überlegte.

Natürlich sollte der Junge eigentlich in die Schule. Aber auf den Kongress der Zauberer in Indien wollte er auch nicht gern verzichten. Man traf sich ohnehin viel zu selten mit seinesgleichen. Ob er Simsala allein auf Feste Hokuspokus zurücklassen konnte? Nein, das kam nicht in

Frage. Er war dazu noch viel zu klein, und selbst wenn er ausnahmsweise keinen Unsinn anstellte – der alte Zauberer traute ihm das durchaus zu –, so würde ihm die Zeit allein doch sehr lang werden.
»Könnte ich nicht solange zu Ruth?«, schlug Simsala plötzlich vor, »dann kannst du getrost nach Indien fliegen, und ich bin trotzdem gut versorgt.«
Abra Kadabra Bim klatschte in die Hände.
»Ja, das wäre eine Lösung«, pflichtete er seinem Sohn bei, »wenn Ruths Mutter einverstanden ist.«
»Warum sollte sie denn nicht einverstanden sein?«, fragte Simsala erstaunt zurück.
Die Frage blieb offen.
Plötzlich fiel Herrn Bim nämlich ein, dass sie ja noch gar nicht zu Mittag gegessen hatten. Schnell setzten sie sich an den großen Tisch mit der blauen Samttischdecke. Abra Kadabra Bim wünschte sich Reis mit Hühnchen und Ananas und viel indischem Curry. Simsala aß Pfannkuchen mit Apfelmus ohne Curry.
Beide freuten sich schon auf die Abwechslung.

Ruth führte einen Freudentanz auf, als Simsala sie am nächsten Morgen fragte, ob er für ein paar Tage bei ihr wohnen könnte.
»In drei Tagen habe ich Geburtstag«, rief sie, überlegte und setzte dann etwas unsicher hinzu: »Oder in vier. Das wäre toll, wenn du dann bei mir wärst.«
Frau Reiter las am Nachmittag den Brief von Herrn Bim mit der Anfrage, ob Simsala zu ihnen kommen könnte, nicht ganz so freudig. Ruth bemerkte es bestürzt.

»Du erlaubst es doch, Mutter, oder?«, quengelte sie. »Simsala ist so lieb und so lustig.«
Ihre Mutter glaubte das gern.
»Ich fürchte aber, ein kleiner Zauberer ist vielleicht etwas zu Lustiges für unsere winzige Wohnung«, gab sie zu bedenken, »vor allem, wenn ich tagsüber gar nicht da bin. Du weißt doch, dass ich dreimal in der Woche bei Rössners putzen gehe. Und außerdem hast du Geburtstag.«
Ruth versprach ihr mit allen heiligen Schwüren, die ihr einfallen wollten, dass sie so artig sein würde, wie die Mutter es noch nie erlebt hatte, wenn Simsala bei ihnen wohnen dürfte. Sonst aber würde sie –
»Erpressung«, nickte Frau Reiter, »ich verstehe. Es bleibt mir keine Wahl. Aber dann bitte ich mir aus, dass du mit dem Artigsein sofort beginnst.«
»Gleich«, jubelte Ruth ausgelassen.
Dann sprang sie an ihrer Mutter hoch und drückte sie mit all ihrer Erstklässlerinnenkraft. Das war schon ziemlich viel.
Als sie die Mutter fertig gedrückt hatte, sagte sie: »So, jetzt«, und war von Stund an wirklich so erstaunlich artig und hilfsbereit, dass ihre Mutter sie kaum wiedererkannte. Unaufgefordert zog sie mit der Gießkanne los, um die Blumen auf allen Fensterbänken der Wohnung zu versorgen, mit dem Staubtuch rückte sie allen polierten Flächen zu Leibe. Dann wollte sie auch noch ganz freiwillig den Herd putzen.
»Lass gut sein, mein artiges Mädchen«, sagte da Frau Reiter, »sonst vergisst du vor lauter Bravsein, dass du ja noch deine Hausaufgaben machen musst.«

Da seufzte Ruth, aber weil sie es nun einmal versprochen hatte, beugte sie sich brav über ihr Heft und begann, ohne zu murren, ihr Weizenbild zu malen – halt so, wie Ruth sich Weizen vorstellte: mannshohe Halme, die in den Ähren Körner so groß wie Hühnereier trugen. Es wurde wirklich ein prächtiges Bild.

ZWEI FROHE KINDER UND EINE MENGE TROPFENDER TINTE

Ruth konnte es am nächsten Morgen kaum erwarten, dass Simsalas Teppich sich zeigte. Aufgeregt sprang sie auf dem Schulhof umher, lief einen Augenblick später im Treppenhaus bis zum obersten Stockwerk hinauf und stellte sich auf die Zehenspitzen, um auszuprobieren, ob sie den kleinen Zauberer durch die Fenster dort oben vielleicht früher erspähen könnte. Dann meinte sie aber, unten wäre es doch besser, und trabte wieder zurück ins Freie. Doch die Unruhe trieb sie schon nach einer kurzen Weile aufs Neue die Treppe hinauf.

Als Ruth dachte, jetzt müsste es gleich zum Unterricht läuten, und der kleine Zauberer sei gewiss erkrankt, stand Simsala plötzlich einfach da. Er war gelandet, als Ruth eben wieder einmal die Treppe hinaufgestürmt war, und hatte seinen Teppich schon aufgerollt unter dem Arm.

Als er das Mädchen sah, zog er die Augenbrauen fragend in die Höhe. Ruth nickte kaum merklich. Am liebsten wäre sie ihm um den Hals gefallen. Aber das getraute sie sich nicht, weil die anderen Schüler sie gewiss ausgelacht hätten.

Auch der kleine Zauberer lächelte nur scheu zurück, freute sich aber riesig, dass Ruths Mutter mit seinem Besuch einverstanden war.

Zu Ehren des Tages durfte der Gummibaum auf seiner Spitze einen Stern tragen. Die Riege der goldgerahmten Rektoren bekam augenzwinkerfrei. Statt dessen durften die würdigen Herren die vorüberkommenden Schüler anlachen, als hätte einer von ihnen den übrigen gerade einen ganz schrecklich lustigen Witz erzählt.
Simsala zerbrach sich aber vor allem den Kopf darüber, wie er die Kinder seiner Klasse an seiner Freude teilhaben lassen könnte. Als er Herrn Martin mit den Heften der Erstklässler unter dem Arm eintreten sah, fiel dem Jungen plötzlich etwas ein.
Der Lehrer ließ die Klasse erst noch etwas rechnen. Danach sangen sie ein Lied. Dann war die Zeit für die Hefte gekommen.
»Die Wörter mit F sind ein wenig tückisch«, stellte Herr Martin fest. »Warum?«
»Weil sie sich gar nicht alle mit F schreiben«, versuchte ein Mädchen zu erklären.
Der Lehrer nickte lächelnd. »Ja, manche hören sich so an, als müssten sie mit F beginnen, und stattdessen beginnen sie mit V oder gar mit Ph. Ich habe euch die Fehler mit roter Tinte angestrichen. In manchen Heften geht es leider ein bisschen arg rot zu.«
Die Kinder blickten einigermaßen betreten vor sich hin.
»Nun schaut euch gut an, was ihr geschrieben habt, und besonders auch das, was ich verbessert habe. Was rot unterstrichen ist, schreibt ihr bitte noch dreimal richtig in eure Hefte«, sagte Herr Martin und drehte sich zum Lehrertisch um, um die Hefte auszuteilen.
»Ich helfe Ihnen«, erklärte Simsala da schnell.

»Wie willst du mir denn helfen?«, fragte Herr Martin.
»Sie geben mir ein Heft, und ich trage es dem, dem es gehört, an seinen Platz.«
Herr Martin war einverstanden, und so machten sie es denn. Der Lehrer rief nun, indem er ein Heft nach dem anderen vom Stapel nahm, nacheinander die Kinder auf, lobte oder ermahnte sie, und dann durfte Simsala die Hefte zu ihnen bringen.
Weil er selbst dann bereits schon wieder zum Heftestapel schaute, merkte Herr Martin eine ganze Weile gar nicht, was vorging, und die Erstklässler, die es ganz schnell heraus hatten, gaben sich die allergrößte Mühe, möglichst ernst zu bleiben, und grinsten nur ganz leise.
Der kleine Zauberer tat gar nicht viel. Er wedelte mit den Heften nur ein ganz klein wenig in der Luft herum. Das aber hatte zur Folge, dass sich die rote Tinte, die Herr Martin benutzt hatte, von den Seiten löste, unten am Heftrand herausgeflossen kam und still auf den Fußboden tropfte.
Die Kinder jedenfalls waren begeistert.
Herr Martin war durchaus nicht begeistert, als er endlich darauf aufmerksam wurde.
»Simsala«, sagte er so streng, wie er bisher noch nie zu dem kleinen Zauberer gesprochen hatte, »wofür habe ich mir all die Mühe gegeben, eure Heft nachzusehen, wenn du mit deinem Wedeln alles gleich wieder zunichte machst? Wie wollt ihr denn lernen, was richtig ist und was falsch, wenn ich euch die Fehler nicht anstreichen soll?«
»Wir wissen es ja auch so.«
Die Erstklässler versuchten, den kleinen Zauberer zu verteidigen.

»Seid ihr euch so sicher?«, fragte der Lehrer zurück.
Er nahm das Heft von Ruth, die direkt vor ihm saß, um zu prüfen, ob sie wirklich selbst sagen könnte, welche Wörter sie richtig geschrieben hatte und welche nicht.
Als er die Seiten, die er verbessert hatte, aufschlug, leuchtete ihm allerdings ein, dass die Kinder es auch so wussten. Zwar war kein falsches Wort mehr rot unterstrichen, aber über allen richtigen Wörtern leuchteten kleine goldene Sternchen. Und das waren bei Ruth eine ganze Menge.
»Hm«, nickte Herr Martin, »das ist allerdings auch eine Art. Die muss ich mir merken.«
Simsala saß über sein Heft gebeugt und konnte nicht begreifen, was er sah. Zwar war auch bei ihm keine Spur von der roten Tinte des Lehrers übriggeblieben, aber es leuchtete ihm auch kein einziges goldenes Sternchen entgegen. Hatte denn der Zauber in seinem eigenen Heft nicht gewirkt?
Herr Martin merkte, dass das Kind mit etwas unzufrieden war.
»Was fehlt dir denn, Simsala?«, fragte er den kleinen Zauberer.
Der Junge wies wortlos auf sein Heft, in dem er mit solcher Mühe – und ganz ohne Zaubern – geschrieben hatte:

Fater Fogel Feil

(Der Lehrer hatte gesagt, er brauche nur drei Wörter aufzuschreiben.)
»Wo sind nur die goldenen Sternchen?« fragte er ratlos.
»Borg mir mal deinen goldenen Stift«, bat der Lehrer.
Simsala schaute ihn erstaunt an, griff dann unter die Bank

und brachte den Stift zum Vorschein. Mit Herzklopfen sah er zu, wie Herr Martin über fast jeden Buchstaben in seinem Heft sorgfältig ein Goldsternchen malte.
Endlich blickte der Lehrer wieder auf und erklärte: »Die anderen bekommen ihre Sternchen für jedes richtige Wort. Dir habe ich eins für jeden richtigen Buchstaben gemalt. Das ist, finde ich, nur gerecht.«
Die Erstklässler fanden das auch.
Herr Martin reichte Simsala den Goldstift zurück. Der aber wollte ihn nicht annehmen.
»Sie können ihn besser gebrauchen als ich«, meinte er, »sonst können Sie doch gar nicht allein verbessern.«
»Das hättet ihr wohl gern«, lachte der Lehrer. »Nun gut, wir wollen es versuchen. Also: alle Wörter, die kein Sternchen haben, schreibt ihr dreimal richtig in euer Heft.«
»Bekommen wir dann drei Sterne dafür?«, wollte Ruth wissen.
»Ihr seid wirklich unersättlich, scheint mir«, seufzte Herr Martin. »Ja, also dann bekommt ihr drei goldene Sternchen dafür. Zur Not muss Simsala mir wieder ein bisschen helfen.«

Als der kleine Zauberer an diesem Tag auf der Feste Hokuspokus landete, hatte er die Goldsternchen längst wieder vergessen.
»Ich darf zu Ruth«, rief er, noch ehe er richtig gelandet war. »Wann fährst du nach Indien, Papa?«
»Morgen«, lachte Abra Kadabra Bim, »wenn du mir noch solange Zeit lässt.«

Dann zog er sich in ein Turmstübchen zurück, um noch einmal die Zaubereien zu üben, die er auf dem Kongress der Zauberer vorführen wollte.
Simsala aber ging in sein Zimmer, setzte sich auf das einsame Bett, das dort stand, und begann ebenfalls zu zaubern. Er zauberte sich einen hübschen kleinen Koffer, einen warmen Schlafanzug und ein Paar Wollstrümpfe für die Nacht.
Dann überlegte er. Was brauchten gewöhnliche Kinder wohl sonst noch, wenn sie jemanden besuchten? Endlich fiel es ihm ein: Waschlappen, Handtücher und Seife und eine Zahnbürste.
Wie aber sah so eine Zahnbürste nur aus? Alles, was sich der kleine Zauberer vorstellen konnte, befriedigte ihn nicht. Entweder war der Griff zu lang, oder die Bürste hatte zu wenig oder zu kurze oder zu harte Borsten. Endlich entschloss sich Simsala, Ruth einfach zu sagen, er hätte seine Zahnbürste vergessen. (Er wusste gar nicht, wie ähnlich er damit den gewöhnlichen Kindern war.)
Eine Zahnpastatube aber gelang ihm auf Anhieb. Zufrieden nahm er sie zur Hand, schraubte sie auf und roch daran: Es duftete herrlich. Simsala hatte Himbeermarmelade hineingezaubert.
Plötzlich sprang der kleine Zauberer auf und rannte auf den höchsten Balkon der Feste Hokuspokus. Wenig später hörte es Abra Kadabra Bim draußen laut zischen und krachen. Er eilte ins Freie. Da sah er Simsala ein Feuerwerk abschießen, indem er in rascher Folge beide Hände in die Luft warf. Knallend stiegen zahllose Raketen in die Luft und versprühten in gelben und blauen Funkenfontänen,

ein Schauspiel, das die einsamen Adler mit mächtigen Flügelschlägen das Weite suchen ließ.
»Der freut sich wohl gar, dass ich verreise«, brummte der alte Zauberer zufrieden, »ach ja, Kinder werden groß.«
Und vergnügt machte er sich wieder an seine Reisevorbereitungen.

ABRA KADABRA BIM GEHT AUF REISEN

Simsala freute sich, das war unverkennbar. Abra Kadabra Bim merkte es daran, dass der Junge schon aus den Federn war, als er ihn mit Gesang wecken wollte. Im Bett saß nur Miau, der schwarze Kater, und fauchte ungnädig, weil er sich durch den alten Zauberer in seinen Morgenträumen gestört fühlte.
Herr Bim sagte höflich: »Nichts für ungut, Großvater«, und zog sich leise zurück.
Wo aber mochte Simsala nur stecken?
Da hörte er es vom oberen Balkon rufen: »Auf Wiedersehen, Vater, und schöne Zeit in Indien. Wenn du willst, bleib ruhig ein paar Wochen länger. Mach mir Rauchzeichen, wenn du wieder da bist. Ade.«
»Nicht ohne Handschlag, Schlawiner«, hielt der alte Zauberer Simsala zurück, der auf seinem kleinen Teppich eben starten wollte, »wo bleiben denn die Sitten?«
So rasch er konnte, stieg er die Stufen zum oberen Balkon hinauf. Er fand Simsala in blütenweißer Rüschenbluse, dunkelblausamtener Kniebundhose und den schwarzen Schuhen mit goldenen Schnallen abreisebereit auf dem Teppich sitzen. Den kleinen Koffer hatte er dicht neben sich.

»Hast du denn gefrühstückt?«, erkundigte sich Abra Kadabra Bim.
»Mach ich unterwegs«, versprach der kleine Zauberer.
»Modischer Schnickschnack«, brummte Herr Bim. »Warum bist du denn so in Eile? Fangt ihr heute mit der Schule früher an?«
Simsala wusste keine Antwort. »Ich dachte –, ich wollte –«, stotterte er.
»Du dachtest, du wolltest deinem Vater nicht zur Last sein, wenn er sich auf die weite Reise nach Indien begibt. Ist es so, Simsala?«, fragte der alte Zauberer lächelnd.
»Genauso«, rief der Junge, indem er aufsprang und seinem Vater einen Abschiedskuss auf die Nase drückte. »Darf ich jetzt fliegen?«
»Flieg du nur«, erlaubte Herr Bim, »aber pass auf, dass du Ruths Mutter nicht auf die Nerven fällst. Und denk daran: Gezaubert wird bei gewöhnlichen Leuten nicht. Halt also die Hände still, oder setz dich drauf, wenn's zu arg in ihnen zwickt, und mach mir keine Schande. Sonst bist du bei meiner nächsten Geschäftsreise doch wieder das Dornröschen«, warnte er.
Simsala warf sich auf seinen Teppich und machte eine schwungvolle Wegwerfbewegung mit der Rechten. Der Teppich machte einen Riesensatz. Abra Kadabra Bim erblasste.
»Ob es klug von mir war, nach Indien zu fahren und den wilden Jungen allein zu lassen?«, meldete sich sein väterliches Gewissen.
Besorgt schaute er auf den kleinen schwarzen Punkt, der bedenklich schnell in der Ferne entschwand.

Aber auch Abra Kadabra Bim liebte das Reisen und die Zaubererkongresse in fernen Ländern.
»Es wird ihm gut tun, mal in der Obhut einer Mutter zu sein«, beruhigte er sich und machte sich ebenfalls reisefertig.
Er war schon fast unterwegs, als ihm Miau einfiel, der ganz allein auf Feste Hokuspokus in Simsalas Bett lag und nicht ahnte, welch schwierigen Zeiten er entgegenschlief.
»Man wird mit den Jahren immer vergesslicher«, brummte der alte Zauberer und kehrte noch einmal um.
Er schloss die sieben Schlösser, mit denen er den Eingang zur Feste verriegelt hatte, wieder auf und öffnete leise die Tür zu Simsalas Schlafzimmer, damit der Kater nicht gefangen wäre, wenn er ausgeschlafen hätte. Dann ging er in das Zimmer, in dem der Tisch mit der dunkelblauen Samttischdecke stand, und zauberte sieben große Näpfe voll Katzenfutter und eine Schüssel mit Wasser auf den Boden.
»Es ist Trockenfutter, Großvater«, entschuldigte er sich still bei dem schlafenden Kater, »aber sonst wird das Fressen schlecht, und dann magst du es gar nicht mehr.«
Dann schloss Abra Kadabra Bim die sieben Schlösser wieder ab und nahm auf seinem Teppich Platz. Der schnelle Start seines Sohnes kam ihm in den Sinn.
»Das solltest du auch noch schaffen, alter Kadaver«, lachte Herr Bim.
Er machte eine noch flinkere Wegwerfbewegung mit der Rechten, als es Simsala gekonnt hatte, und klammerte sich dann blitzschnell mit beiden Händen an seinem Teppich fest – sonst wäre der einfach unter ihm durchgesaust

und hätte ihn glatt sitzen gelassen. Im nächsten Augenblick war von dem alten Zauberer nichts mehr zu sehen. Wer weiß: vielleicht tauchte er eben schon am indischen Himmel auf. Zuzutrauen wäre es ihm.

FRAU REINICKE WILL HELFEN

Simsala war schon fast bei der Schule angekommen, als er sich daran erinnerte, dass er seinem Vater versprochen hatte, unterwegs zu frühstücken. Schnell zauberte er sich eine Tasse Kakao und ein Brötchen herbei. Aber als er das Brötchen in den Kakao tunken wollte, warf er den Becher um, und die ganze Herrlichkeit ergoss sich über seine weiße Bluse und die Samthose. Vor Aufregung ließ Simsala den Becher da einfach fallen, statt ihn über die linke Schulter ins Nichts zu werfen. Dann konnte er nur noch hoffen, dass er nicht irgendeinem freundlichen Menschen auf den Kopf regnete. (Der Becher tat es nicht, sondern er landete in der Nähe eines Tümpels, und ein Frosch, der eben auf Wohnungssuche war, dankte dem Himmel, dass er ihn so fürsorglich bedacht hatte.)
Danach vergaß Simsala, dass er selbst ganz bekleckert war, und landete darum wenig ansehnlich, aber dafür eine ganze Stunde zu früh vor der Schule.
Die Erste, die ihm begegnete, war Frau Reinicke, und Frau Reinicke sah sogleich, wie übel zugerichtet der Junge war. »Nee, Kleiner, so kannst du aber nicht in deine Klasse«, stellte sie kopfschüttelnd fest. Die Putzfrau hatte selbst eine Schar Kinder großgezogen und kannte sich aus.

»Ich werde schon selbst damit fertig«, rief Simsala und wollte eben an den Flecken herumwischen.
Aber da ergriff Frau Reinicke seine Hand.
»Bloß nicht wischen«, warnte sie, »das macht alles nur noch schlimmer. Da muss man mit Seifenlauge ran.«
»Die habe ich aber nicht«, meinte der kleine Zauberer verlegen.
»Aber ich«, stellte Frau Reinicke klar.
Sie meinte es ganz freundlich. In Simsalas Ohren aber klang es wie eine Drohung.
»Komm schon mit, Kleiner«, forderte sie den Jungen auf und wandte sich dem Heizungskeller zu.
Simsala, den zusammengerollten Tepich unter dem Arm, den kleinen Koffer in der Hand, folgte ihr betreten.
»Lass bloß das Wischen«, ermahnte Frau Reinicke den Jungen, als sie ihn schon wieder an seinen Kakaoflecken herumfingern sah. »Du kannst mir ruhig glauben. Auf Dreck verstehe ich mich schon von Berufs wegen.«
Als sie im Heizungskeller angekommen waren, streckte Frau Reinicke die Hände aus.
»Gib mal her, das gute Stück«, sagte sie.
Gehorsam zog Simsala die feine Rüschenbluse aus und reichte sie ihr.
Frau Reinicke stopfte sie in eine Blechwanne und ließ ziemlich heißes Wasser einlaufen. Aus einer Schachtel goss sie Waschpulver dazu.
Den kleinen Zauberer stach plötzlich der Hafer.
»Machen Sie es nicht zu heiß«, warnte er die Putzfrau, und es klang auf einmal gar nicht mehr ängstlich, sondern recht keck, »Rüschenblusen sind nämlich arg empfindlich.«

Frau Reinicke machte eine abfällige Bewegung mit der Linken. Hätte sie zaubern können, hätte Simsala jetzt vom Erdboden verschwinden müssen. Zum Glück konnte Frau Reinicke nicht zaubern. Aber sie brummte: »Wem sagst du das? Ich kenne mich doch aus. Ist Baumwolle, keine Seide. Die verträgt es handwarm und sogar ein bisschen wärmer.«
»Ich meine ja nur«, erwiderte der kleine Zauberer, »es ist nämlich meine einzige, wissen Sie?«
Die Putzfrau hörte ihm kaum zu. Als die Wanne vollgelaufen war, rührte sie mit beiden Händen im Wasser herum, dass sich das Pulver ordentlich verteilte, nahm dann die Bluse und begann, indem sie Stoff gegen Stoff rieb, den Kakaofleck zu bearbeiten.
Nach einer Weile hob sie die tropfende Bluse heraus – und erschrak. Der braune Fleck war viel größer geworden als vorher und schimmerte ölig.
»Heiliges Kanonenrohr«, entfuhr es der Putzfrau, »was ist denn das?«
»Schmieröl vielleicht«, versuchte Simsala den Fleck zu erklären, »von meinem fliegenden Teppich. Sie wissen doch –«
Frau Reinicke nickte. Dann machte sie sich aufs Neue ans Werk. Jetzt aber sah sie ein, dass das Stoffreiben allein nichts bringen würde, und holte sich eine Nagelbürste, die neben dem Waschbecken lag. Kaum hatte sie ein-, zweimal damit den Stoff bearbeitet, da machte es leise »ritschratsch«.
Erschrocken ließ sie die Bürste in die Seifenlauge fallen, aber das half nichts.

»O weh«, jammerte hinter ihrem Rücken der kleine Zauberer, »meine schöne Bluse, meine einzige Rüschenbluse. Jetzt ist sie ganz kaputt.«
Die Putzfrau stand da wie ein begossener Pudel und starrte auf die verunglückte Wäsche in ihren Händen. Wie hatte das nur geschehen können? Fassungslos zuckte sie mit den Schultern.
»Was ziehst du denn nun an?«, fragte sie endlich den kleinen Zauberer.
»Ich weiß nicht«, erwiderte der treuherzig, »in meinem Koffer habe ich nur einen Schlafanzug und Wollsocken.«
Frau Reinicke kramte in einem Schrank und brachte endlich ein kurzärmliges Hemd von Trudel hervor, das einmal gelb gewesen, inzwischen aber ganz ausgewaschen war.
»Nimm das mal«, brummte sie verlegen.
Simsala zog es an. Es reichte ihm bis an die Knie, dafür rutschte es ihm oben fast über die schmalen Schultern.
»Geht gut«, fand Frau Reinicke. »Muss gehen«, verbesserte sie sich, als sie noch einmal hingeschaut hatte.
»Danke, Frau Reinicke«, sagte Simsala artig. »Und nun darf ich wohl gehen?«
»Geh du nur«, brummte Frau Reinicke, »mit deiner verdreckten Samthose kann ich dir sowieso nicht helfen. Schmieröl, das ist auch was.«
Simsala machte sich aus dem Staub.
Im Jungenklo schlüpfte er flink aus dem gelb gewesenen Hemd von Trudel und zauberte sich stattdessen eine neue strahlend weiße Rüschenbluse. Die Flecken auf der Hose entfernte er mit dem üblicken kurzen Wink seiner Lin-

ken. So, nun war er wieder fein genug, um Ruth und den übrigen Klassenkameraden gegenübertreten zu können. Er überlegte noch, was er mit Trudels Hemd tun könnte, als er an der Ecke des Schulhauses schon wieder Frau Reinicke in die Arme lief.

Die Putzfrau sperrte die Augen auf, als sähe sie ein leibhaftiges Wunder.

»Wie, was?«, rief sie. »Ist denn das möglich? Habe ich nicht eben deine einzige Rüschenbluse in den Müll geworfen?«

»Entschuldigen Sie, Frau Reinicke.« Simsala war echt betreten. »Hier haben Sie Ihr schönes Hemd wieder. Und vielen Dank fürs Ausborgen.«

Er wollte schnell weiterlaufen.

Aber so einfach ließ ihn die Frau nicht wieder fort.

»Wo hast du denn die saubere Bluse her und die Hose ohne Fleck?«

»Aus meinem Koffer«, flunkerte Simsala. »Stellen Sie sich vor. Mein Vater hatte mir zur Überraschung den ganzen Koffer mit Rüschenblusen und blauen Samthosen vollgepackt. Vielleicht wusste er ja auch, dass man auf dem Teppich so leicht Schmierölflecke bekommt. Schauen Sie nur.«

Mit diesen Worten öffnete der Junge vor dem misstrauischen Blick der Putzfrau den Deckel seines Koffers. Heraus quollen zahllose Rüschenblusen, und darunter zeigten sich, hübsch ordentlich zusammengelegt, noch mindestens zwei Samthosen. Mit Mühe drückte Simsala den Kofferdeckel wieder zu.

»Nicht wahr, da staunen Sie«, sagte er freundlich. »Ich habe

aber auch gestaunt, das können Sie mir glauben. Ist es nicht wunderbar, einen so fürsorglichen Vater zu haben?«
Damit verneigte sich der kleine Zauberer vor Frau Reinicke und rannte in seine Klasse. Inzwischen war es nämlich allerhöchste Eisenbahn.
Er ließ eine sehr verwunderte Putzfrau zurück.

MIT SIMSALA IST NICHT VIEL ANZUFANGEN

Herr Martin merkte gleich, dass heute mit Simsala nicht viel anzufangen war. Seine kleinen Hände zuckten immer wieder verräterisch und brachten fortwährend Dinge zum Erscheinen, die nun wirklich nicht in den Unterricht gehörten. Glücklicherweise verschwanden sie aber auch gleich wieder.

»Wenn Zaubererkinder froh sind, sind sie nicht zu gebrauchen«, erkannte der Lehrer und versuchte, sich damit zufriedenzugeben.

Er wusste ja, dass Simsala bei Ruth eingeladen war, und hatte Verständnis für die Freude des Kindes. Dennoch schaute er etwas ratlos auf den Lutscher, den er plötzlich statt der Kreide, mit der er an die Tafel schreiben wollte, in der Hand hielt.

»Simsala«, knurrte er warnend und drehte sich halb der Klasse zu, und schon war der Lutscher verschwunden

»Dies ist das Z«, erklärte der Lehrer nun den Kindern, »der letzte Buchstabe des Alphabets. Woran erinnert er euch?«

»An einen Zollstock«, rief ein Junge.

»An einen Blitz«, rief ein Mädchen.

»An einen Zauberer«, sagte Ruth.

»Richtig«, antwortete Herr Martin und begann, das Z an der Tafel als Blitz zu malen.
Mit Schwung ließ er den Blitz über die Tafel zucken – und fuhr ebenso erschrocken zusammen wie die übrigen Erstklässler, als es gleich darauf im Klassenzimmer heftig rumpelte.
»Donnerwetter«, entfuhr es ihm.
Er sandte Simsala einen Blick zu, der ebenfalls Verwandtschaft mit einem Blitz hatte. Sein Ärger war aber schnell wieder verraucht, als er sah, dass der Junge sich mit ganz erschrockenem Gesicht auf seine Hände gesetzt hatte. Ein weiterer Donner war wohl nicht zu befürchten.
Die Erstklässler malten das Z ab.
Simsala ließ seine Zungenspitze zwischen den Mundwinkeln spazierengehen und versuchte sich ebenfalls im Abmalen. Dabei konnte er allerdings nicht auf seinen Händen sitzen bleiben, und so gab es plötzlich in der 1a ein kleines, aber nur ganz leises Nachrumpeln, und es roch ein wenig nach verbranntem Papier. Der Blitz auf Simsalas Blatt sah wunderbar echt aus.
Dann durften die Kinder noch den Himmel um ihre Z-Blitze malen. Herr Martin überraschte Ruth dabei, als sie auch einen kleinen Teppich auf das Bild zeichnen wollte.
»Was hat der Teppich denn mit unserem Z zu tun?«, fragte er streng.
»Es ist doch ein Zauberteppich«, musste er sich von dem Mädchen belehren lassen, »der hat auch ein Z.«
Eifrig malte das Kind weiter.
Als dann aber auch noch ein kleiner Blitze schleudernder Zauberer auf dem Teppich Platz nehmen sollte, sagte Herr

Martin: »Schluss damit für heute. Sonst müssen gleich auch noch eine Ziege und ein Zebra und vielleicht ein ganzer Zoo mit auf den Teppich, und dann wird es ihm zu schwer, und er schmeißt sie allesamt runter.«
Der Gefahr wollte Ruth den kleinen Zauberer doch nicht aussetzen, und sie packte ihr Blatt fort.
Das Rechnen ging danach ganz gut.
Der Lehrer ließ Simsala träumen, der mit seinen Gedanken offenbar ganz woanders war, kleine Ziegen und Zebras aus seinem Rechensäckchen herauszog, stirnrunzelnd betrachtete und sie dann achselzuckend wieder in dem Sack verschwinden ließ.
Es war Herrn Martin auch egal, dass die übrigen Kinder heute einmal nicht mit Kieseln, sondern mit Knallerbsen rechneten, solange nur das richtige Ergebnis dabei herauskam und es nicht zu oft »popp« auf dem Fußboden machte.
»Nun packt eure Knallerbsen und eure Zebras weg!«, befahl Herr Martin endlich.
Er musste sich Mühe geben, nicht zu lachen, als er beobachtete, wie Simsala daraufhin erschrocken sein Rechensäckchen über die linke Schulter warf. Rüdiger, der hinter dem kleinen Zauberer saß, duckte sich, um nicht getroffen zu werden. Aber es kam natürlich gar nichts geflogen, was ihn hätte treffen können. Nicht über die linke Schulter eines Zauberers!
So ging das also heute im Unterricht der 1a zu, weil Simsala sich freute, dass er Ruth besuchen durfte.
Am Ende war Herr Martin genauso glücklich wie die Kinder, dass die Schule aus war. Er würde Fräulein Dorothea Haller wieder etwas zu erzählen haben.

BEI RUTH ZU HAUSE

Simsala nahm seinen Koffer und folgte Ruth. Ganz fest hielt er ihre Hand, als sie mit ihm zwischen fahrenden Autos die Straßen überquerte. Auf Feste Hokuspokus gab es keine Straßen und auch keine Autos, und so war alles, was er jetzt aus der Nähe zu sehen bekam, Simsala ganz fremd. Bisher hatte er Autos gern gemocht. Er kannte sie als kleine Punkte, die tief unter seinem fliegenden Teppich auf schmalen Bändern eifrig hintereinander herkrochen. Jetzt aber zeigten sie sich ihm plötzlich als drohend brummende Ungetüme, die ungeheuer schnell auf ihn zugebraust kamen und ihm, wenn sie vorübergestoben waren, auch noch ihren stinkenden Atem in die Nase bliesen.

Der kleine Zauberer bewunderte Ruth, die nur kurz nach links und nach rechts schaute und ihn dann flink mit sich über die Straße zog, als gäbe es keinen Grund zur Sorge. Ja, an der Hand des Mädchens brauchte Simsala keine Angst zu haben.

Aber ganz sicher fühlte er sich erst, als sie endlich vor Ruths Wohnung angekommen waren.

Ruth klingelte, aber es öffnete niemand. Sie versuchte es noch einmal. Aber wieder geschah nichts.

»Mutter ist nicht da«, erklärte sie dem kleinen Zauberer

und zuckte mit den Schultern, »aber die Nachbarin hat auch einen Schlüssel zu unserer Wohnung.«
Die Nachbarin wusste auch, dass Frau Reiter mittags nicht nach Hause kommen konnte, da sie bei Rössners gebraucht wurde.
»Frau Rössner ist krank«, sagte sie zu Ruth, »und deine Mutter muss dableiben und dem alten Herrn das Mittagessen kochen. Du sollst mal sehen, was ihr noch im Kühlschrank habt, lässt deine Mutter ausrichten.«
Das war ja eine unerfreuliche Überraschung. Die beiden Kinder betraten die Wohnung.
Simsala hätte sich am liebsten überall zugleich umgeschaut. So sah es also bei gewöhnlichen Menschen aus. Da hingen neben der Eingangstür jede Menge Mäntel und Jacken. Da lagen auf einem Brett Mützen und Hüte und Schals. Da war ein Schrank mit vielen Schuhen, größeren und kleineren. Sein Vater hätte einiges zu winken gehabt, bis es hier so hübsch leer und ordentlich aussähe wie auf Feste Hokuspokus.
Aber das wusste der kleine Zauberer natürlich längst: Gewöhnliche Menschen mussten vieles haben, was er und sein Vater sich einfach herbeizaubern konnten, wenn sie es brauchten.
»Komm doch hierher«, hörte er Ruth rufen und folgte ihr durch eine der Türen, die vom Flur abgingen.
»Was ist denn das?«, fragte der kleine Zauberer und blickte sich erstaunt um.
»Unsere Küche«, erwiderte Ruth, »sieht die so anders aus als bei euch?«
»Ganz anders, und ob!«, erwiderte Simsala.

Dann musste das Mädchen ihm alles erklären: den Herd, auf dem man Essen warm machen, und den Kühlschrank, in dem man Essen kalt machen konnte, die Kaffeemaschine und den Toaster und den Staubsauger, der in der Ecke stand. Simsala war voller Bewunderung.

»Kennt ihr aber tolle Tricks«, lobte er.

Ruth aber hatte Hunger.

»Jetzt essen wir erst«, entschied sie, »und dann kannst du dich umgucken.«

Aber im Kühlschrank waren keine Reste mehr.

»Was machen wir denn nun?«, überlegte Ruth laut. »Kochen kann ich nicht so gut.«

»Was hättest du denn gern?«, fragte Simsala vorsichtig.

»Pfannkuchen«, erwiderte das Mädchen. »Meine Mutter wollte uns welche machen. Aber nun wird nichts draus.«

»Vielleicht doch, Ruth«, sagte Simsala, »ich kann ganz gut kochen, wenn du mich lässt.«

»Pfannkuchen auch?«, fragte das Mädchen erstaunt.

»Pfannkuchen ganz besonders«, antwortete Simsala. »Aber du musst solange rausgehen.«

»Soll ich dir gar nicht helfen?«, wunderte sich das Mädchen. »Du bist doch mein Gast.«

Als Simsala den Kopf schüttelte, sagte sie: »Also gut. Ich such dir nur schnell die Sachen zusammen. Du weißt ja nicht, wo alles ist.«

Dann brachte sie Milch, Mehl, zwei Eier, eine Rührschüssel, einen Holzlöffel und Margarine herbei und holte eine Pfanne heraus. Der kleine Zauberer guckte ihr mit offenem Mund zu und bestaunte die vielen Dinge, die da auf dem Küchentisch zusammenkamen.

Schließlich holte Ruth ihm noch ihre Schürze, damit er sich seine schöne Samthose nicht voll Mehl staubte.
»Hast du alles, was du brauchst?«, fragte sie ihn.
Simsala nickte.
»Na gut«, stellte Ruth fest, »ich mach mich solange schon mal an die Hausaufgaben.«
»Das lohnt sich doch gar nicht«, wollte der kleine Zauberer eben sagen, presste aber geschwind die Lippen zusammen.
Vom Flur her rief das Mädchen noch: »Die Streichhölzer sind neben dem Herd.«
Simsalas leises »Wofür soll ich die brauchen?« hörte Ruth nicht.
Als er in der Küche allein war, machte sich der kleine Zauberer an die Arbeit.
Zuerst tat er die Milch und das Mehl, die Eier und die Margarine wieder an ihren Platz zurück. Dann klopfte er mit dem Holzlöffel eine Weile vernehmbar auf die Schüssel, und danach klapperte er mit der Pfanne auf dem kalten Herd herum. Was er mit den Streichhölzern tun sollte, fiel ihm beim besten Willen nicht ein.
Wie lange Ruths Mutter wohl brauchte, um aus all den Sachen Pfannkuchen zu machen? Ihm kam es so vor, als hätte er schon viel Zeit vertrödelt.
Ruth hatte gerade ihr Heft ausgepackt und wollte eben damit beginnen, zehn Wörter mit Z aufzuschreiben, da hörte sie Simsala von der Küche her rufen.
»Kannst du kommen?«
»Scheint was schiefgegangen zu sein«, murmelte sie und lief, um Simsala zu helfen.

In der Küche duftete es außerordentlich lecker. Auf dem Tisch standen zwei Teller, und dazwischen auf einer Platte türmten sich goldbraune knusprige Pfannkuchen, ein Berg, wie Ruth noch nie einen gesehen hatte.
»Wie hast du denn das so schnell geschafft?«, wunderte sich das Mädchen.
Simsala zuckte mit den Schultern.
»Und abgewaschen hast du auch schon?«, rief Ruth erstaunt, denn da standen die Pfanne und die Rührschüssel und sahen so aus, als wären sie gar nicht gebraucht worden.
»Das ist bei uns so«, stellte der kleine Zauberer fest, »mein Vater liebt Ordnung über alles. Sollen wir jetzt essen?«
»Augenblick«, sagte das Mädchen und lief eilig zum Küchenschrank.
»Die Himbeermarmelade ist auch alle«, stellte sie bedauernd fest. »Aber deine Pfannkuchen schmecken bestimmt auch so.«
»Magst du sie lieber mit Marmelade?«
Simsala war schon aufgesprungen und herausgerannt. Triumphierend kam er zurück, in der Hand hielt er seine Zahnpastatube.
»Hier«, bot er sie Ruth an.
Das Mädchen verzog das Gesicht.
»Nein danke«, meinte sie, »ich glaube, ich esse meinen Pfannkuchen doch lieber ohne was drauf.«
Als sie aber sah, was für Zahncreme der kleine Zauberer in einer dicken Wurst aus der Tube herausquetschte, änderte sie schnell ihre Meinung.
Der Inhalt der Tube schien unerschöpflich zu sein.

Die Kinder aßen mit Appetit, bis der ganze Pfannkuchenberg weggeschmolzen war.
Danach sah der kleine Zauberer zu, wie Ruth die Teller und die Platte in der Spüle mit Wasser abwusch und sie dann mit einem Tuch trockenrieb. Den Trick wollte er sich merken. War es im Grunde auch egal, ob die Teller sauber waren oder nicht, wenn man sie über die linke Schulter warf, so war dies doch jedenfalls die Art, wie gewöhnliche Menschen es machten. Und Simsala wollte so gern sein wie sie.
»Komm, jetzt können wir spielen, bis Mutter kommt«, sagte Ruth fröhlich, »ich habe eine ganz große Puppenstube.«
Aber Simsala wollte lieber den Staubsauger ausprobieren.

HERRN RÖSSNERS WIEDERGUT-MACHUNGSGESCHENK

Nein, Ruth war sich nicht so sicher, ob ihre Mutter es gern sah, dass sie mit dem Staubsauger spielten. Aber weil Simsala so traurig dreinblickte, als sie das sagte, erlaubte sie ihm endlich doch, das Gerät in die Hände zu nehmen.
»Du kannst ja den Flur saugen«, sagte sie. »Komisch, dass ihr auf Feste Hokuspokus keinen Staubsauger habt, wo doch dein Vater die Ordnung so liebt. Wie macht ihr denn sauber?«
»Wir wischen halt«, sagte Simsala.
»Ist das nicht furchtbar anstrengend?«, fragte das Mädchen erstaunt.
»Überhaupt nicht«, erwiderte der kleine Zauberer, »wir machen das mit links.«
Ruth schüttelte den Kopf und wunderte sich. Aber sie wusste ja schon, dass das bei Simsala zu Hause eine reine Männerwirtschaft war. Vielleicht lag es daran.
Das Mädchen spielte allein mit den Puppen. Simsala saugte den Flur.
Plötzlich hörte Ruth den Staubsauger merkwürdig aufjaulen und lief, um nachzusehen, ob etwas passiert war.
Sie sah Simsala in einer dichten Staubwolke stehen, die sich langsam auf alle Sachen im Flur niedersenkte. Die

Schnur des Staubsaugers hielt er aufgerollt in der Hand. Dem kleinen Zauberer schien der viele Staub nichts auszumachen. Er stand da und lachte.

»Wenn er andersherum läuft«, rief er, »spuckt er alles wieder aus. Das ist ja lustig.«

Ruth fand das überhaupt nicht.

»Wenn meine Mutter kommt, wird sie aber böse sein über all den Dreck«, warnte sie.

»Ach, bis dahin ist der doch weg«, beruhigte sie Simsala. »Aber sag mal, wofür hat der Staubsauger diesen Schwanz?«, fragte er und wies neugierig auf das Kabel in seiner Hand.

»Den tut man in die Steckdose«, antwortete Ruth, »und dann saugt man.«

Sie schaute Simsala verdattert an.

»Du hast doch schon gesaugt«, sagte sie, »hast du das Kabel denn nicht –?«

»Ist das verboten?«, fragte Simsala beschämt zurück, »ich wusste es nicht, Ruth.«

Da hörten sie plötzlich einen Schlüssel im Türschloss.

»Meine Mutter kommt«, rief Ruth, und im Augenblick war sie darüber gar nicht froh, »die mag Ordnung auch lieber als diesen Staub.«

»Welchen Staub meinst du, Ruth?«, fragte der kleine Zauberer scheinheilig und machte eine schnelle Wischbewegung mit der Linken. »Ich finde es recht ordentlich bei euch.«

Das fand auch Frau Reiter.

Dass Simsala sich nach dem Essen gleich mit dem Staubsauger ans Werk gemacht hatte, fand sie sehr lobenswert.

Und als Ruth ihr dann noch erzählte, dass Simsala auch Pfannkuchen gebraten hätte und die Küche schon wieder aufgeräumt wäre und gar nicht nach angebranntem Fett röche, schlug sie vor Verwunderung die Hände zusammen. »Ich hätte ja nie im Leben geglaubt, dass kleine Jungen sich schon so nützlich machen könnten«, rief sie aus.
»Ich habe aber auch eine Überraschung für euch«, fügte Frau Reiter hinzu und kramte aus ihrer Handtasche einen Umschlag hervor.
»Den hat mir Herr Rössner gegeben«, sagte sie, »und er hat mir aufgetragen, ihn bei euch zu entschuldigen. Er lässt euch ausrichten: Hätte er gewusst, dass Ruth einen kleinen Gast mitbringen wollte, hätte er lieber trockenes Brot gegessen, als sich von mir bekochen zu lassen. Und dies sendet er als Wiedergutmachung.«
Neugierig guckten die Kinder in den Umschlag. Es waren drei kleine gelbliche Pappkärtchen darin, die mit schwarzer Schrift bedruckt waren.
»Was steht da, Mutter?«, fragte Ruth aufgeregt. »Das erste Wort fängt mit Z an.«
»Und dieses erste Wort heißt Zirkus«, erwiderte Frau Reiter, »Herr Rössner hat uns Eintrittskarten für den Zirkus Bimborum geschenkt. Was haltet ihr davon?«
Die Kinder hielten davon, dass sie sich unbedingt an den Händen nehmen und wild den Flur entlanghüpfen mussten.
»Wann gehen wir?«, fragte Ruth, als sie außer Atem wieder vor ihrer Mutter stand.
»Heute Nachmittag, sobald ihr mit den Hausaufgaben fertig seid.«

Da saßen Ruth und Simsala augenblicklich über ihre Schulhefte gebeugt und überlegten Wörter mit Z. Simsala überlegte drei, Ruth überlegte zehn.
»Die tollsten Sachen fangen alle mit Z an«, verkündete das Mädchen plötzlich, »Zirkus, Zauberer –«
»Zahnweh«, fügte Simsala trocken hinzu und verzog das Gesicht.
»Zimtochse«, war alles, was Ruth darauf erwiderte, und auch das begann mit einem Z.
Frau Reiter prüfte, was die Kinder geschrieben hatten, und Simsala genoss es, dass jemand seine Hausaufgaben nachschaute. Sein Vater Abra Kadabra Bim tat das nie, obwohl er sehr gut schreiben konnte.
»Gib dem Zucker noch ein C«, sagte sie dann liebevoll zu dem Jungen. »Zauberer und Zirkus hast du richtig geschrieben.«
Simsala dachte stolz an die drei goldenen Sternchen, die ihm schon so gut wie sicher waren, und überlegte, ob er noch weitere Wörter aufschreiben sollte. Aber da klappte Ruth ihr Heft zu und sprang auf.
Zirkus war jetzt wichtiger.

IM ZIRKUS BIMBORUM

An Frau Reiters Hand fühlte Simsala sich auf der Straße noch dreimal sicherer als an Ruths Seite. Trotzdem schlug ihm das Herz schneller, solange die Autos an ihnen vorüberflitzten.

Zum Glück war der Weg zum Zirkus Bimborum nicht weit. Schon sah man das Zelt zwischen den Bäumen hervorlugen. Da musste Ruth plötzlich hüpfen, und dann musste sie rennen, und auch Simsalas Füße waren, kaum dass sich das Zirkuszelt gezeigt hatte, wie verhext: Sie mochten nicht mehr hübsch langsam Schritt vor Schritt tun, sondern zogen ihn – und Frau Reiter an seiner Hand – so schnell mit sich fort, als bestünde die Gefahr, zu spät zu kommen. Dabei war noch mehr als eine halbe Stunde Zeit, bis die Vorstellung beginnen sollte. Frau Reiter lachte hell auf und ließ sich gern mit fortziehen.

In Reih und Glied standen hinter dem Zelt weiße Zirkuswagen aufgestellt, eine kleine Stadt für sich. Manche der Wagen hatten Gitterstäbe an einer Seite, dahinter konnte man Tiere sehen: Löwen und Tiger und sogar einen Eisbären. Die Kinder staunten sie an.

Auf den Treppen mancher Wagen saßen Zirkusleute. Einige faulenzten einfach und ließen sich von der warmen

Sonne bescheinen. Aber da war auch ein Clown, der leise sang und sich auf einer ganz winzigen Gitarre begleitete. Und da waren zwei kleine Jungen, die mit drei Apfelsinen jonglierten. Erst warf der eine sie in die Luft und fing sie wieder. Dann griff der andere geschickt zwischen seinen Armen durch und jonglierte weiter.

Den kleinen Zauberer juckte es in den Fingern, mitzumachen, aber da hörten sie plötzlich eine Fanfare: Das Zelt war geöffnet worden. Da ließen sie Tiere und Jongleure allein, um ihren Platz zu finden.

Herr Rössner war großzügig gewesen: Frau Reiter saß mit den Kinder ziemlich nahe an der Manege, wo man alles gut sehen konnte.

Der kleine Zauberer schaute sich um.

Wie war das wunderbar hier im Zirkusrund! Es roch so eigenartig, und die Menschen, die hereinströmten, waren so fröhlich und aufgeregt. Die Mädchen, die Zuckerwatte und Popcorn verkauften, hatten so glitzernde Kleider an, und hinter dem Vorhang, der den Eingang der Artisten verschloss, raschelte es manchmal so verheißungsvoll.

Auf einmal stieß Ruth dem kleinen Zauberer mit dem Ellbogen in die Seite.

»Schau mal, Simsala, wer dort ist«, flüsterte sie und wies auf eine der oberen Zuschauerreihen.

Simsala brauchte eine Weile, bis er entdeckt hatte, wen Ruth meinte. Dann lachte er.

»Das ist ja Herr Martin«, jubelte er, hielt sich aber sogleich die Hand vor den Mund. Es war spannender, wenn der Lehrer sie nicht entdeckte.

»Er hat jemanden dabei«, flüsterte Ruth. »Die Frau, die

neben ihm sitzt, gehört zu ihm. Wer das wohl sein mag?«
»Vielleicht seine Mutter«, vermutete Simsala.
Aber Ruth schüttelte den Kopf. »Zu jung«, stellte sie sachkundig fest, »kann höchstens seine Schwester sein.«
Jedenfalls kannten sie sich gut, denn Herr Martin unterhielt sich ganz munter mit der Frau, die vielleicht seine Schwester war.
Dann blies das Orchester, das über dem Eingang der Artisten Platz genommen hatte, einen schmetternden Tusch, und die Vorstellung begann.
Eine Nummer folgte auf die andere.
Pferde mit wippenden Federbüschen auf dem Kopf liefen im Kreis, und wenn der Mann in der Mitte mit der Peitsche knallte, dann drehten sie entweder um oder sie stiegen auf die Hinterbeine oder taten sonst etwas Erstaunliches. Kaum waren sie wieder hinausgelaufen, tanzten eine Frau und ein Mann hoch oben in der Zeltkuppel auf einem ganz dünnen Seil. Ruth hielt vor Aufregung schier den Atem an. Simsala fand nichts Aufregendes dabei.
Clowns kamen herein und machten ihre Witze. Zwei Frauen in Glitzerkleidern jonglierten mit Keulen. Ein Mann spuckte Feuer. Robben balancierten Bälle auf ihren spitzen Nasen. Akrobaten bildeten eine lebendige Pyramide.
Alles klappte fehlerlos. Nur als ein Mann mit Messern auf eine Frau werfen wollte, die auf ein Brett gespannt war, das sich immer schneller drehte, passierte etwas Seltsames: Die Messer, kaum abgeworfen, verschwanden in der Luft. Es war höchst rätselhaft, und man brach diese Nummer der Vorstellung ab.

»Kennst du den Messerwerfer?«, fragte Ruth den kleinen Zauberer.

»Wieso?«, fragte der zurück. »Ich kenne hier doch niemanden außer Herrn Martin und dich und deine Mutter.«

»Warum hast du ihm denn dann immer gewinkt?«

»Ach, nur so«, brummte Simsala und wollte nicht recht mit der Sprache heraus.

Ruth wartete gar nicht auf eine Antwort. Sie sah nur noch die Schlangenfrau, die sich ungeheuer verbiegen und in ihren Körper fast einen Knoten machen konnte. Das wollte Ruth heute Abend auch probieren.

Bei der Raubtiernummer ging dann wieder etwas schief. Als der Tiger durch den brennenden Reif springen sollte und sich zunächst weigerte, ging das Feuer plötzlich aus. Der Dompteur reichte den Ring nach draußen, wo er neu entzündet wurde, aber kaum gab er dem Tiger das Zeichen zu springen, als das Feuer wieder erlosch.

»Warum winkst du denn dem Tiger?«, wollte Ruth von Simsala wissen.

»Warum nicht?«, brummte der kleine Zauberer zurück. »Tut er dir nicht Leid? Ich jedenfalls mag nicht durch einen Feuerreifen springen müssen.«

Nein, das mochte Ruth auch nicht. In der Manege hatten sie diesmal auf den Sprung verzichtet. Der Tiger und der kleine Zauberer waren's zufrieden.

In der Pause schauten Ruth und Simsala, was Herr Martin trieb. Sie kamen sich wie Übeltäter vor und mussten kichern, denn sie ertappten ihn dabei, wie er sich eben über seine Schwester beugte und sie küsste.

»Na, so etwas«, wunderte sich Ruth, »meinst du, Herr

Martin ist vielleicht verliebt, und das ist gar nicht seine Schwester?«

»Nee«, erklärte Simsala, der sich plötzlich wieder an das Weizensäen im Schulgarten erinnerte, »er ist nicht verliebt, er ist verlobt.«

Herr Martins Verlobte kramte in ihrem Täschchen und förderte einen Lippenstift zutage. Sie schraubte ihn auf und wollte eben ihre Lippen entsprechend bearbeiten, da bemerkte sie, dass der Stift seine Farbe verändert hatte: Er war nicht mehr lachsrot, sondern leuchtend golden.

Überrascht zeigte sie ihn dem Lehrer.

Herr Martin sagte nur: »Simsala muss irgendwo im Zelt sein«, und ließ seine Augen wandern.

Auf einmal entdeckte er ihn mit Ruth und ihrer Mutter. Die Kinder lachten zu ihm hinüber. Herr Martin wies streng auf den Lippenstift, den Fräulein Dorothea Haller eben wieder einpacken wollte.

»Mach ihn noch mal auf«, sagte er dann zu seiner Verlobten, »ich denke, es ist jetzt alles wieder in Ordnung.«

War es aber nicht. Zwar war der Stift nicht mehr leuchtend golden, aber auch nicht lachsfarben: Er war von einem satten Grün.

Herr Martin seufzte. »Simsala kann's nicht besser«, sagte er, »das weißt du ja.«

Fräulein Dorothea Haller dachte an den Rosenstrauß, den er ihr mitgebracht hatte, und lächelte verstehend.

Herr Martin aber schaute noch einmal zu den Kindern hinüber. Die hatten eben von Frau Reiter eine dicke Portion Zuckerwatte spendiert bekommen und verschmausten sie mit Appetit. Als sie den Blick des Lehrers bemerkten, winkten sie ihm fröhlich zu. Herr Martin drohte Simsala, halb im Scherz, halb ernst, mit dem Zeigefinger. Und siehe da, auf einmal hatte auch der Lehrer etwas zu schnökern: Eine dicke Portion Zuckerwatte klebte an seinem drohend erhobenen Finger.

GEWÖHNLICH SEIN IST ZIEMLICH SCHWIERIG

Auf dem Heimweg konnte Ruth keinen Augenblick den Mund halten. Hatten die anderen auch all die tollen Sachen gesehen? Was hatte ihnen am besten gefallen?
Die Löwen waren Ruth zu gefährlich, und auch vor dem Seiltanzen hatte sie ein bisschen Angst. Aber den Knoten in sich selbst machen, das traute sie sich schon zu. Heute Abend würde sie es vorführen. Und dann würde sie wahrscheinlich zum Zirkus gehen statt in die Schule.
»Kommst du mit zum Zirkus, Simsala?«, fragte sie. »Du könntest auf deinem fliegenden Teppich herumkurven. Das würden die Leute sicher spannend finden.«
Simsala ging still an der Hand von Frau Reiter. Auch ihm hatte der Zirkus gefallen. Aber nun reichte es auch. Nein, er hatte eigentlich keine Neigung, die Schule gegen den Zirkus zu vertauschen.
Für den kleinen Zauberer wurde es erst richtig spannend, als er Ruths Mutter zuschauen durfte, wie sie in der Küche das Abendbrot bereitete. Das Tischaufdecken durchschaute er noch. So hätte er es auch gemacht, wenn er nicht zaubern könnte. Aber die kleinen Feuerchen auf dem Herd, das Wasser, das im Topf plötzlich anfing, kleine Blasen zu werfen und aus dem Frau Reiter Tee machte, indem sie farbige

Blättchen hineinwarf, die Milch, die sie ebenfalls auf den Herd stellte, aus einer Tüte etwas hineinrührte und aus der auf einmal Grießbrei geworden war – all das war für den kleinen Zauberer überraschend neu und aufregend.

»Du könntest schon einmal das Brot schneiden, kleiner Meisterkoch«, sagte Frau Reiter nun zu Simsala und drückte ihm das große, scharfe Brotmesser in die Hand. Ruth holte einen Brotlaib aus dem Schrank.

Der kleine Zauberer musterte das Messer ängstlich. Wenn das sein Vater sähe! Aber Abra Kadabra Bim war in Indien, und seine Kristallkugel hatte er auf Feste Hokuspokus gelassen.

Simsala nahm das Messer vorsichtig in seine Linke und strich dann mit der Rechten über die stumpfe Seite der Klinge, als wollte er sie streicheln. Fein sauber schnitt das Messer eine Scheibe nach der anderen, bis der ganze Laib aufgeschnitten war. Erleichtert legte Simsala das Messer fort.

Frau Reiter lobte ihn.

Dann setzten sie sich zu Tisch.

Ruths Mutter musterte unauffällig den kleinen Gast ihrer Tochter. Sie sah, wie er sich eine Scheibe Brot aus dem Korb nahm und vor sich auf den Teller legte. Dann zögerte er.

»Butter?«, fragte Ruth und reichte sie ihm.

Der kleine Zauberer säbelte ein Stück Butter ab und versuchte, sie mit dem Messer auf seinem Brot zu verteilen, aber es wollte ihm nicht gelingen. Der Klumpen Butter schien sich an einen Fleck zu klammern, und als Simsala ihm mit dem Messer zu Leibe rückte, zerriss das Brot.

»Soll ich es dir streichen, Simsala?«, bot Frau Reiter ihm an, und der Junge ließ es sich aufseufzend gefallen.
»Macht dir dein Vater zu Hause die Brote?«, fragte Ruths Mutter, während sie mit bewundernswerter Leichtigkeit die Butter über die Brotscheibe verteilte und dann eine dicke Lage Quark darüberstrich.
»Nein«, sagte Simsala, »zu Hause kann ich es allein.«
Frau Reiter wunderte sich.
»Macht ihr es zu Hause so anders als wir?«, erkundigte sie sich.
»Ganz anders«, bestätigte der kleine Zauberer und nickte.
»Dann mach es doch einfach so, wie du es von zu Hause gewohnt bist«, ermunterte Ruths Mutter den Jungen.
Simsala schaute sie zweifelnd an.
»Das geht doch nicht«, meinte er.
»Warum nicht?«
»Weil es verboten ist«, antwortete der kleine Zauberer. »In der Schule ist das Zaubern ja auch verboten.«
»Ach so«, sagte Frau Reiter.
Dann sagte sie eine ganze Weile gar nichts mehr.
Endlich holte sie tief Luft und erklärte: »Simsala, weil du unser Gast bist, ist das hier für diese Zeit dein Zuhause. Hier darfst du also alles so machen, wie du es gewohnt bist. Ich erlaube es dir.«
»Das ist ja wunderbar«, sagte Simsala und schaute Ruths Mutter dankbar an, »aber ich möchte doch lernen, wie gewöhnliche Menschen alles machen. Wissen Sie, am liebsten würde ich ein ganz gewöhnlicher Junge sein. Dann könnte ich auch leichter rechnen und schreiben, und Herr Martin wäre zufrieden mit mir.«

»Du musst zufrieden sein mit dem, was du bist, Simsala«, sagte Frau Reiter freundlich, »das andere wirst du dann schon noch lernen.«

Simsala aß sein Quarkbrot und überlegte, ob er noch eine Portion Grießbrei essen sollte. Da merkte er, dass er schon satt war. Die Zuckerwatte musste schuld daran sein. Auch Ruth war schon satt und plötzlich sehr müde.

NIE WIEDER ZÄHNEPUTZEN!

»Ab ins Bett!«, rief Frau Reiter. »Macht euch fertig! Den Abwasch schaffe ich heute allein.«
Mit seinen Waschsachen folgte Simsala Ruth ins Bad.
Das Einseifen ging ganz leicht. Seine Seife schäumte hervorragend. Das Gesicht des kleinen Zauberers sah aus, als wäre er eben aus einer Schüssel Schlagsahne aufgetaucht. Sie mit Wasser und Waschlappen wieder herunterzubekommen, war nicht mehr ganz so leicht. Es fühlte sich noch ziemlich klebrig an. Da musste er ein wenig mit links nachwischen.
Ruth konnte es auch ohne links.
Ganz schwierig aber wurde es für den kleinen Zauberer beim Zähneputzen. Als er Ruths Zahnbürste sah, hatte er seine plötzlich doch nicht vergessen, sondern zog eine aus seinen Waschsachen heraus, die derjenigen des Mädchens zum Verwechseln ähnlich sah.
Aber als er die Zahnpasta aus seiner Tube zum Putzen verwenden wollte, lachte Ruth ihn einfach aus.
»Mit Himbeermarmelade kriegst du doch deine Zähne nicht sauber«, stellte sie fest.
»Zu Hause schon«, murmelte Simsala, ließ es sich aber gefallen, dass sie diesmal Ruths Zahnreme benutzten.

Die Paste schmeckte schlimm. Das Kratzen der Borsten an den Zähnen war kaum zu ertragen. Der Schaum, der ihm aus dem Mund floss, war grässlich. Simsala war fest entschlossen, morgen seine Zahnbürste verloren zu haben. Heute Abend aber bestand Ruth darauf, dass er wie sie drei Minuten lang an den Zähnen herumschrubbte.
Der kleine Zauberer fühlte sich ganz erledigt.
»Vielleicht ist es doch zuviel verlangt, ein gewöhnlicher Junge werden zu wollen«, dachte er bei sich.
Als er aber in seinem warmen Schlafanzug unter der Bettdecke lag und Ruths Mutter ihnen noch eine Geschichte vorlas, meinte Simsala, dass er es noch einmal probieren sollte mit dem Ganzgewöhnlichsein trotz Zähneputzens.
Wie die Geschichte zu Ende ging, erfuhr der kleine Zauberer nicht, denn da war er bereits eingeschlafen, wie übrigens Ruth, das ganz gewöhnliche Menschenkind neben ihm, auch.
Frau Reiter klappte das Buch leise zu und schlich sich hinaus. Auch sie war froh, auf diese Weise etwas früher ins Bett zu kommen.

Zum Frühstück gab es weichgekochte Eier für Simsala und Ruth. Frau Reiter hatte sie in kochendem Wasser über einem von den kleinen Feuerchen auf dem Herd zubereitet. Sie selbst mochte keins.
Voller Staunen sah der kleine Zauberer, dass Ruth, nachdem sie ihr Ei ausgelöffet hatte, die leere Schale umdrehte und sie ihrer Mutter zuschob.
»Genau wie zu Hause«, dachte er überrascht und war gespannt, was Frau Reiter tun würde.

Frau Reiter behauptete, nun doch Lust auf ein Ei zu haben, und klopfte die Schale auf. Enttäuscht musterte sie das leere Innere. Ruth lachte schadenfroh. Simsala sprang auf und schaute ebenfalls verwundert in die leere Eierschale. Das war anders als auf Feste Hokuspokus.
Als der kleine Zauberer sein Ei fertig gegessen hatte, bot er es ebenfalls mit umgedrehter Schale Frau Reiter an.
Die nickte dem Jungen freundlich zu und sagte: »Das ist aber ganz nett von dir, dass du mir dein Ei schenkst. Hoffentlich ergeht es mir damit aber anders als mit dem von Ruth.«
Ruth prustete.
Simsala sagte: »Ich denke schon«, und beobachtete gespannt Frau Reiters Gesicht.
Ruths Mutter klopfte die Spitze der Schale mit dem Messer auf. Dann sprang sie erschrocken vom Tisch auf. Ein Küken hatte ihr den Kopf entgegengestreckt und piepste leise. Ruth machte große Augen.
»Hast du mich erschreckt«, rief die Frau, und Simsala schämte sich ein wenig.
»So machen wir's zu Hause«, sagte er leise und schnippte mit den Fingern.
Da war das Küken wieder verschwunden.
»Schade«, sagte Ruth.
Frau Reiter wischte sich mit der Hand über die Stirn und meinte leise: »Bei Zauberern geht es doch ein bisschen anders zu als bei uns.«
»Umgekehrt«, meinte Simsala ebenso leise.
Er wollte nicht als Besserwisser erscheinen.
Ruth wunderte sich, wie Simsala über Nacht seine Zahn-

bürste verlieren konnte, und half ihm suchen. Aber sie war tatsächlich spurlos verschwunden. So blieb nichts anderes übrig, als dass der kleine Zauberer ihr zusah in der Hoffnung, dass Zähneputzen vielleicht manchmal ansteckend wirkt.

Allerdings wurde Simsalas Aufmerksamkeit bald abgelenkt. Es lag da nämlich ein kleiner Teppich, genauer gesagt: eine weiße Badematte. Der kleine Zauberer betrachtete sie mit gerunzelter Stirn und überlegte.

Als Ruth fertig war, fragte Simsala: »Du, meinst du, deine Mutter würde mir den Teppich da borgen. Ich bringe ihn auch wieder zurück.«

»Meinst du die Badematte? Wofür willst du die denn haben?«, fragte das Mädchen erstaunt zurück.

»Ich wollte«, stotterte der kleine Zauberer verlegen, »ich dachte –, vielleicht kann sie ja fliegen, verstehst du?«

Nein, Ruth verstand nicht, und Simsala musste ihr erst erklären, dass er lieber mit dem Teppich in die Schule fliegen würde. Der Weg über die Straßen erschien ihm zu gefährlich.

»Versuch's halt«, schlug Ruth vor.

Simsala nahm die Matte und trug sie ins Kinderzimmer, denn im Bad war es zu eng. Er setzte sich und machte vorsichtig, um nicht gegen die Wand zu fliegen, die wegwerfende Bewegung mit der Rechten.

Aber die Matte dachte gar nicht daran, sich vom Boden zu erheben. Sie tat nur einen ganz kleinen Ruck nach vorn, eben stark genug, um den kleinen Zauberer auf den Rücken zu werfen.

»Dieser Teppich bockt«, sagte Simsala traurig.

Er rappelte sich wieder auf, nahm die Matte und trug sie zurück ins Badezimmer.
»Brauchst deiner Mutter nichts zu sagen«, flüsterte er Ruth zu, und die versprach es ihm.
So blieb dem kleinen Zauberer keine andere Wahl, als doch noch einmal an der Hand des Mädchens über die Straßen in die Schule zu gehen.
Als sie dort ankamen, war er ziemlich übel gelaunt.
Bei den goldgerahmten Rektoren zögerte er eine Weile und schaute die alten Herren missbilligend an, die immer noch über den Witz lachten, den einer von ihnen vor Tagen erzählt haben musste. Der kleine Zauberer wies mit den Zeigefingern kurz nach unten. Da ließen die Herren ihre Schnurrbartspitzen hängen und waren wieder ernst, sehr ernst sogar.
»So«, sagte Simsala schon etwas zufriedener und lief Ruth nach in die 1a.

KINDERGEBURTSTAG

Mitten in der Nacht erwachte der kleine Zauberer davon, dass Ruth sich am Vorhang zu schaffen machte.

»Was ist denn«, fragte er schläfrig, »willst du Sterne gucken?«

»Ich wollte nur schauen, wie spät es ist«, antwortete das Mädchen, indem es wieder ins Bett kroch. »Ich dachte, meine Mutter hätte verschlafen.«

»Und wie spät ist es?«, wollte nun auch Simsala wissen.

»Halbzwei auf der Turmuhr«, sagte Ruth, und es hörte sich etwas vorwurfsvoll an. »Fünf Stunden noch bis zum Aufstehen.«

Der kleine Zauberer verstand Ruths Unruhe bestens. Sie hatte morgen Geburtstag. Da war es mit dem Schlafen immer besonders schwierig.

Eben wollte er sich wieder auf die Seite drehen, als ihm etwas einfiel.

»Ruth«, flüsterte er, »halbzwei ist doch schon nach Mitternacht, oder?«

»Ja«, bestätigte das Mädchen, »aber noch nicht genug nach Mitternacht.«

»Aber dann hast du ja schon Geburtstag«, fuhr Simsala unbeirrt fort, »herzlichen Glückwunsch, Ruth.«

Im Dunkeln formte er mit seinen Händen einen Trichter, wie Herr Martin es ihnen gezeigt hatte, und auf einmal begann in der Stille der Nacht eine einsame Trompete »Viel Glück und viel Segen« zu blasen.

Ehe Frau Reiter von der Musik ganz wach wurde, brach das Lied aber ziemlich plötzlich wieder ab. Ruth hatte mit ihrem Kopfkissen nach dem kleinen Zauberer geworfen.

»Ach, ja, das Mädchen hat morgen Geburtstag«, murmelte Frau Reiter, die meinte, geträumt zu haben. Sie blickte auf den Wecker neben ihrem Bett und verbesserte sich: »Heute schon«. Dann schlief sie wieder ein.

Die Kinder mussten unterdessen ein bisschen rangeln. Simsala versuchte, doch noch einen Ton zu blasen, Ruth versuchte, es zu verhindern. Und Ruth gewann. Als sie Simsala auf die Schultern gezwungen hatte und auf ihm saß, dass er seine Hände nicht mehr regen konnte, entschieden die Kinder, dass sie vielleicht doch noch ein wenig schlafen sollten, weil es am Tag noch aufregend genug werden würde. Sie versuchten es.

Der kleine Zauberer brauchte sich nur unter der Bettdecke zusammenzukuscheln, da träumte er bereits. Ruth brauchte etwas länger und meinte, es würde ihr gar nicht mehr gelingen. Aber sie täuschte sich.

Auf einmal nämlich erklang Singen vom Flur her. Flackernder Kerzenschein fiel durch den Türspalt, und das Bett, in dem Simsala gelegen hatte, war leer. Schnell schloss das Mädchen ihre Augen wieder und gab vor, immer noch zu schlafen.

»Viel Glück und viel Segen«, sangen die Mutter und Simsala ohne Trompetenbegleitung. Es klang sehr schön.

Weil Ruth noch zu schlafen schien, sangen sie außerdem: »Ei, was haben wir vernommen« und »Kräht der Hahn früh am Tag«.

Vielleicht wäre Ruth auch davon noch nicht aufgewacht. Aber da krähte plötzlich der Hahn so markerschütternd, dass das Geburtstagskind zusammenfuhr und sich nach dem Gockel im Zimmer umschaute. Auch Frau Reiter bekam einen kleinen Schreck.

Simsala lachte.

»Guten Morgen, Langschläferin«, rief er fröhlich, »und alles Gute zum Geburtstag.«

In den Händen hielt er eine Torte. Darauf war er besonders stolz, war es doch die allererste in seinem Leben, die er nicht gezaubert, sondern mit Frau Reiters Hilfe gebacken und verziert hatte. (Das heißt, beim Verzieren hatte er doch ein wenig gezaubert, aber nur ein ganz klein bisschen, sonst wären ihm die Sahneröschen nicht gelungen.)

Frau Reiter stellte die Geburtstagskerze, die sie trug, auf die Kommode und umarmte ihre Achtjährige.

»Ein gutes neues Lebensjahr, mein tapferes Töchterlein«, sagte sie, und Ruth war rundherum glücklich und mochte gern ihr tapferes Töchterlein sein.

Dann drängte sie hinaus, um den Geburtstagstisch zu sehen und ihre Geschenke auszupacken.

Die Mutter hatte ihr eine neue Schürze genäht. In einem Päckchen fand sie ganz neue Wachsstifte und in einem anderen ein Bilderbuch. Rössners hatten ihr ein Kartenspiel geschenkt, und die Nachbarin hatte eine Tafel Schokolade eingewickelt; »Zartbitter« stand darauf. Ruth wollte sich

das Wort merken, denn in der Schule waren sie immer noch mit dem Z zu Gange.
Der kleine Zauberer betrachtete sich den Gabentisch aufmerksam.
Wie schön musste es sein, wenn man nicht zaubern konnte. Dann konnten einem die anderen, wenn sie einem eine Freude machen wollten, etwas schenken, das man sonst nicht haben würde. Er dachte an seine immer leeren Taschen, aus denen er jederzeit alles, was er nur haben wollte, hervorziehen konnte, und fand, er sei vom Leben ein bisschen ungerecht behandelt.
Zum Frühstück gab es für jeden ein Stück von Simsalas Torte, und alle meinten, so etwas Gutes noch nie gegessen zu haben. Als Simsala sich aber höflich bereit erklärte, für morgen wieder einen Kuchen zu backen, winkte Frau Reiter lachend ab.
»Wie sollen wir denn dann am Geburtstag merken, dass es ein besonderer Tag ist?«, fragte sie.
Der kleine Zauberer musste ihr Recht geben.
Natürlich trug der Gummibaum an diesem Tag acht kleine Kerzen, die aber nicht brannten, denn Simsala konnte den Feuertrick noch nicht – »Messer, Gabel, Schere, Licht …« war ein Spruch, den man auch auf Feste Hokuspokus kannte –, und die Lehrer, die vielleicht Streichhölzer in der Tasche hatten, bemerkten die Kerzen gar nicht.
Die goldgerahmten Rektoren sperrten die Münder auf, als hätte man sie beim Absingen des Geburtstagsliedes für Ruth fotografiert.
Aus dem Wasserhahn floss Limonade.

RUTH WIRD GEFEIERT

Herr Martin stand nicht in der Klassentür, als die Kinder angerannt kamen, sondern malte zu Ehren des Geburtstagskindes noch ein Bild an der Tafel fertig. Es zeigte ein Mädchen, das von drei Engeln beschenkt wird.

»Dieser mit dem roten Gewand ist der Engel der Freude«, erklärte der Lehrer, als Ruth stolz ihr Bild betrachtete, »dieser hier mit dem blauen ist der Engel des Schmerzes. Und der dritte hier im gelben Gewand ist der Engel der Wahrheit. Der rote Engel möchte dir Lebensfreude schenken, der blaue Engel möchte dir Lebensmut schenken, der gelbe Engel schenkt dir Lebenskraft, wenn du nur offen bist für ihre Gaben.«

Das wollte Ruth unbedingt sein.

Herr Martin schenkte ihr noch einen goldenen Stift.

»So einen, wie Simsala hat«, sagte er, »aber ich habe ihn nicht gezaubert.«

Das Mädchen glaubte es ihm sofort und bedankte sich.

Die Kinder hatten jeder eine Blume mitgebracht – manche hatten es auch vergessen und schämten sich deshalb ein bisschen.

Auch Simsala hatte nicht an die Blume gedacht. Aber für ihn war so etwas natürlich kein Problem. Er überreichte

Herrn Martin eine zarte blaue Glockenblume, die er ganz frisch und unbeschadet unter seiner Bank hervorzog.
Der Lehrer ordnete die Blumen zu einem dicken Strauß. »Wer läuft geschwind und tut Wasser in die Vase?« fragte er.
Einige Kinder meldeten sich. Aber Simsala hatte ihm so schnell, wie es sonst gar nicht seine Art war, die Vase aus den Händen gerissen und war bereits auf dem Weg.
Als er mit der vollen Vase zurückkam, war das Limonadenwunder am Wasserhahn wieder versiegt. Dem kleinen Zauberer erschien es auf einmal besser so.
Mit Geduld meisterte Herr Martin auch diesen Tag. Simsala gab sich ganz ungeheure Mühe, so wenig aufzufallen wie möglich. Weil einige Kinder mit Ruth Geburtstag feiern durften, brauchten die übrigen auch keine Hausaufgaben zu machen.
Als die Kinder nach Hause kamen, roch es in der ganzen Wohnung nach verbranntem Fett. In dicken Schwaden stand Frau Reiter in der Küche und buk Pfannkuchen in zwei Pfannen.
»Geht noch ein bisschen spielen«, bat sie die Kinder, »ich kann euch im Augenblick nicht gebrauchen. Und seht, dass die Küchentür zubleibt«, rief sie Ruth nach, die nicht abwarten wollte, ob die Mutter es sich vielleicht noch einmal anders überlegen würde.
Der kleine Zauberer hätte schrecklich gern bei dieser Art des Pfannkuchenmachens zugeschaut. Sie erschien ihm höchst schwierig, und er bewunderte Ruths Mutter. Aber Frau Reiter hatte gebeten, allein gelassen zu werden, und Ruth hatte Geburtstag.

Also winkte Simsala nur kurz mit der Linken und schloss die Tür hinter sich. Frau Reiter steckte die Nase in die Luft.
»Merkwürdig«, brummte sie, »plötzlich finde ich den Fettgeruch gar nicht mehr so schlimm.«
Im Wohnzimmer half der kleine Zauberer Ruth, alles für die Spiele am Nachmittag vorzubereiten. Alle Stühle aus der ganzen Wohnung mussten herbeigeschleppt werden. Dazu kamen ein Topf, Kochlöffel, Kopftücher und eine Tüte, in die man nicht hineinschauen durfte.
Simsala fand es sehr aufregend.
»Zauberst du auch was vor?«, fragte ihn Ruth.
Der kleine Zauberer wollte es sich überlegen.

Der Nachmittag wurde dann wirklich sehr schön. Die Kinder stürzten sich mit Appetit auf den Rest von Simsalas Torte und tranken dazu Limonade. (Frau Reiter hatte sie im Laden gekauft.)
Dann wurde gespielt.
Zuerst gab es »Reise nach Jerusalem«.
Weil sie meinte, nicht so gut singen zu können, nahm Ruths Mutter eine Glocke, die sie zart läutete. Solange sie die Glocke läuten hörten, wanderten die Kinder um die aufgestellten Stühle herum. Kaum hörte Frau Reiter auf zu läuten, warfen sie sich auf den nächsten freien Stuhl. Nur der kleine Zauberer, der das Spiel noch nicht kannte, wanderte weiter.
»Du musst dich setzen«, rief Ruth.
»Du hast keinen Stuhl mehr«, rief Rüdiger.
Da setzte sich Simsala. Ganz am Ende der Reihe saß er.

Es zeigte sich, dass die Stühle doch für alle Kinder ausreichten.
Frau Reiter flüsterte mit dem kleinen Zauberer und stellte seinen Stuhl wieder beiseite.
Simsala schaute etwas unglücklich, versuchte aber, jetzt alles richtig zu machen. Wenn die Glocke aufhörte zu klingeln, saß er jetzt immer als Erster. Nur Ruths Mutter fiel auf, dass sich nicht der Junge nach der Glocke, sondern die Glocke sich offenbar nach Simsala richtete. Wenn Simsala sich setzte, hörte sie auf zu läuten. Selbst wenn Frau Reiter sie noch hin- und herschwang.
Wieder flüsterte Frau Reiter mit dem Jungen, und der wanderte auf einmal mit der Linken in der Hosentasche um die Stühle herum. Fortan hörte die Glocke auf zu klingen, wenn Ruths Mutter aufhörte, mit ihr zu läuten, und Simsala, der nicht flink genug war, musste ausscheiden. Ruth gewann, und alle fanden, dass sich das für ein Geburtstagskind auch so gehörte.
Danach spielten sie »Stille Post« und »Tiere raten«, »Männermalen« und »Hänschen, piep einmal«. Als es hinter ihr brummte wie ein echter Bär, erriet Ruth, die eben als Hänschen herumgehen durfte, sofort, dass es Simsala war.
Nun war Simsala an der Reihe. Er rutschte von einem Schoß auf den nächsten, konnte aber keine der verstellten Stimmen wiedererkennen. Auf Ruths Schoß riet er Rüdiger, und auf Rüdigers Schoß riet er Frau Reiter. Ohne ein ganz klein bisschen Zauberhilfe sah er kein Ende seiner Wanderung von einem Schoß zum anderen.
»Hänschen, sag mal piep«, sagte Simsala und setzte sich.

»Puh, ist der schwer«, schrie das Kind überrascht und vergaß ganz, seine Stimme zu verstellen.
Da war der kleine Zauberer so leicht wie immer. Aber das Mädchen, auf dessen Schoß er gesessen hatte, war an der Reihe, Hänschen zu sein.
Schließlich musste sich Simsala auch beim Topfschlagen noch etwas helfen lassen. Soviel er mit dem Kochlöffel nämlich auch suchen mochte, der kleine Zauberer fand nicht den Platz, an dem die Kinder den Topf versteckt hatten. Auf einmal sahen die anderen, wie Simsala mitten im Zimmer stille saß und mit dem Zeigefinger auf dem Fußboden kratzte. Und siehe da: Der Topf kam gehorsam auf ihn zugerutscht und ließ sich brav mit dem Kochlöffel beklopfen.
»Geschummelt!«, riefen da einige Kinder. Die Übrigen lachten.
Als Simsala den Topf umdrehte, und der plötzlich voll mit Bonbons war, von denen sich alle nehmen durften, hatte keiner mehr etwas auszusetzen.

»War's schön?«, fragte Frau Reiter am Abend ihre Tochter.
»Wunderschön«, erwiderte das Mädchen und fiel der Mutter um den Hals.
»Was ist nur mit Simsala?«, wunderte sich Frau Reiter nun.
Ruth wusste es nicht. Gemeinsam suchten sie ihn.
Der kleine Zauberer stand am Wohnzimmerfenster und blickte nachdenklich in die Wolken hinauf, die von der Abendsonne gefärbt wurden.
»Schön, nicht wahr?«, sagte Ruths Mutter.

Dann bemerkte auch sie, dass die Wolken ganz ungewöhnliche Formen hatten: Eine sah aus wie eine hohe Burg, eine zweite wie eine Kiste und eine dritte wie ein ganz spitzes Dreieck.
»Mein Vater ist wieder da«, erklärte der Junge und schämte sich ein bisschen, dass er sich darüber freute.
»Die Burg, das ist unsere Feste Hokuspokus, das da«, er wies auf die Kiste, »ist sein fliegender Teppich, und dies«, er deutete auf das Dreieck, »ist sein Zaubererhut. Morgen muss ich wieder heim.«

In der Schule stand zur selben späten Stunde Rektor Häusler vor den Bildern seiner goldgerahmten Vorgänger. Frau Reinicke war beim Staubwischen aufgefallen, dass die irgendwie nicht mehr so aussahen wie immer, und hatte ihm Bescheid gesagt.
»Susanni Bum«, brummte der Rektor, »dieser Zaubererlümmel. Das geht nun aber wirklich entschieden zu weit.«
Kopfschüttelnd betrachtete er die Bilder mit den aufgerissenen Mündern und versuchte, dabei nicht zu lachen.
»Ich muss mit Herrn Martin sprechen«, entschied Rektor Häusler endlich, »der kleine Zauberer sollte für eine Zeit lieber etwas Sinnvolles mit seinen Händen tun als in der Schulbank zu sitzen und Unfug auszuhecken.«
»Und diesen Chor der Goldfische muss er morgen früh als Erstes beenden«, fügte er hinzu und musste dabei doch schmunzeln.
Der Vergleich mit den Goldfischen war gewiss nicht sehr höflich, aber er erschien dem Rektor außerordentlich treffend zu sein.

Die Bilder kümmerten sich nicht um seine Meinung, sondern sangen still die nächste Strophe ihres unhörbaren Liedes.

SIMSALA DARF DEM HAUSMEISTER HELFEN

Simsala wusste nicht: War das jetzt eine Belohnung, oder hatte er wieder etwas falsch gemacht?
Herr Martin hatte ihn an diesem Morgen, als er und Ruth zur Schule kamen, mit der Nachricht empfangen: »Der Herr Rektor und ich haben besprochen, dass du in den nächsten Tagen nicht in die Klasse zu kommen brauchst. Du darfst Karl, dem Hausmeister, helfen.«
Dass Herr Häusler auch wünschte, dass die Rektoren mit ihrem stummen Gesang aufhören sollten, vergaß er zu erwähnen.
Hilfesuchend schielte der kleine Zauberer zu den übrigen Kindern.
Die zogen lange Gesichter und brummten: »Der Simsala hat's gut. Der darf immer was Besonderes.«
Da war der kleine Zauberer zufrieden und trabte fröhlich los, den Hausmeister zu suchen.
Er fand ihn im Heizungskeller. Karl wartete schon auf ihn. Ehrlich gesagt schlug sein Herz zum Zerspringen vor Aufregung, dass er den kleinen Zauberer beaufsichtigen sollte.
»Da kommt ja mein kleiner Helfer«, rief er lauter als nötig und versuchte, recht fröhlich dreinzublicken.

Den Satz hatte er mit Frau Reinicke eingeübt. Sie meinte, dass man ein Kind so begrüßen sollte, auch wenn es der Sohn eines Zauberers war. Dann starrte er Simsala grinsend an und wusste nicht weiter.
Simsala lächelte freundlich zurück, trat unsicher von einem Fuß auf den anderen und wusste auch nicht, was er sagen sollte.
»Schön haben Sie es hier unten«, meinte er schließlich und machte eine große Geste mit dem Arm, als böte er den ganzen Heizungskeller zum Verkauf an.
»Ja, nicht wahr«, erwiderte Karl, »sehr schön. Wirklich. Nur ein bisschen warm im Sommer«, setzte er nach einigem Überlegen hinzu.
»Ach so?« Simsala wunderte sich. »Ist die Heizung denn nicht ausgestellt?«
Der Hausmeister begann umständlich zu erklären, dass wegen des Warmwassers ein Kessel sommers wie winters beheizt werden müsste und es deshalb hier unten immer unerträglich heiß wäre.
Der kleine Zauberer hörte ihm artig zu und sagte dann: »Vielleicht kann ich ja ein bisschen helfen.«
Das erinnerte den Hausmeister daran, dass er mit dem Jungen doch etwas arbeiten sollte. Dass Simsala mit seinen Worten etwas ganz anderes gemeint hatte, merkte er gar nicht.
Er nahm zwei Spaten, die er schon bereitgestellt hatte, und gab Simsala einen davon zum Tragen.
»Graben kannst du draußen mit mir«, sagte er, denn das hatte Rektor Häusler vorgeschlagen.

Der kleine Zauberer bestaunte das blanke, wie Silber glänzende Blatt, befühlte andächtig das glatte Holz des Stiels, und sein Herz hüpfte bei der Vorstellung, dass er mit diesem Spaten richtig graben sollte. Schule, meinte er, ist wirklich toll.

Karl ging mit großen Schritten die Treppe hinauf.

Simsala zögerte noch einen Augenblick. Als er gewiss war, dass der Hausmeister nichts mehr sehen konnte, deutete er flink mit beiden Zeigefingern auf die Wasserrohre unter der Decke und biss mit den Zähnen so laut aufeinander, dass es richtig klapperte. Dann folgte er dem Hausmeister ans Ende des Schulgrundstücks.

»Hier«, sagte Karl, »hier mach mal ein Loch.«

»Und wie groß und tief soll es werden?«, fragte Simsala.

Der Hausmeister musterte das Kind. Was konnte der wohl mit dem Spaten wegbringen?

»Fang halt mal an«, sagte er endlich, »mach's so tief du kommst. Den Rest mache dann ich.«

Seinen eigenen Spaten warf er auf den Boden, denn es war Zeit für ihn, zur Kaffeepause mit Frau Reinicke und Trudel zu gehen.

»Komme gleich wieder«, rief er dem Jungen über die Schulter zu und verschwand eilig.

Simsala lachte ihm nach. Wie würde sich der Hausmeister gleich freuen!

Dann nahm er den Spaten in beide Hände. Fröhlich kratzte er damit die Erde auf, schlug, indem er ihn wie eine Axt benutzte, kleine Erdklumpen los und versuchte auf jede Weise, die ihm nur einfiel, ein Loch in den Boden zu bekommen.

Wie man grub, wusste er nicht, und hätte er's gewusst, so hätte es ihm auch nicht viel genützt, denn der Boden war ziemlich hart, und der kleine Zauberer war ziemlich schwach.

Nachdem er sich eine ganze Weile redlich abgemüht hatte, konnte er nicht mehr und musste eine Verschnaufpause einlegen. Er warf den Spaten auf den Boden und fuhr sich mit der Hand über das Gesicht. Die Hand wurde ganz nass.

»Weine ich denn?«, wunderte sich der kleine Zauberer.

Er war doch gar nicht traurig.

Plötzlich sprang er jubelnd auf, tanzte fröhlich um seinen Spaten und rief: »Ich schwitze. Hört ihr alle? Ich schwitze wie ein ganz normaler Junge. Das muss ich aber meinem Papa sagen. Wird der staunen.«

Von der ungewohnten Arbeit taten ihm aber auch die Arme weh. Als er den Spaten wieder aufnehmen wollte, fühlte er sich ganz zerschlagen. Gleich würde der Hausmeister wiederkommen und sehen, dass er fast noch nichts geschafft hatte – außer zu schwitzen natürlich.

»Ein bisschen zaubern kann doch nichts schaden«, entschuldigte sich Simsala da vor sich selbst, »und es sieht ja niemand.«

Flugs stellte er den Spaten auf den Boden und drehte ihn einmal um sich selbst. Da flog die Erde in weitem Bogen davon. Der Spaten drehte und drehte sich immer tiefer und tiefer, bis der ganze Stiel im Boden verschwunden war. Da schnippte Simsala mit dem Finger. Sogleich kam der Spaten aus dem Loch gefahren und legte sich still und unschuldig auf den Boden.

Simsala kniete nieder und schaute in das Loch. Es war nur tiefste Schwärze zu sehen.
Der kleine Zauberer war mordsmäßig stolz. Er legte sich auf den Boden und streckte einen Arm in das Loch, um zu fühlen, dass er den Grund selbst mit den Fingerspitzen nicht erreichen konnte. Er konnte den Grund nicht erreichen.
Wo nur der Hausmeister blieb? Wie gern hätte er ihm sein Werk gezeigt. Aber Karl hatte im Augenblick wohl Wichtigeres zu tun, als das Loch von Simsala zu bewundern.
Während der kleine Zauberer auf die Rückkehr des Hausmeisters wartete, sann er darüber nach, wofür das Loch wohl gemeint sein könnte. Es kam ihm in den Sinn, dass der Rektor hier vielleicht einen Teich anlegen wollte.
»Dafür ist es zu schmal«, entschied Simsala, und der Spaten musste sich noch einmal an die Arbeit machen.
Diesmal flog die Erde in dicken Brocken umher. Das Loch wurde schön weit und bekam durch die ausgehobene Erde eine Art Deich.
»Fein«, freute sich der kleine Zauberer, als der Spaten wieder zur Ruhe kam. »Jetzt fehlt nur noch …«
Und er begann ein wahres Feuerwerk an Zaubereien.

DARF MAN SEINEN AUGEN TRAUEN?

Karl hatte im Heizungskeller fast einen Herzschlag erlitten, aber durchaus nicht wegen der Hitze, sondern weil der ganze Fußboden mit Wasser bedeckt war. Zeternd wies Frau Reinicke ihn darauf hin.

»Ist ein Rohr gebrochen?«, staunte der Hausmeister und ließ prüfend seinen Blick über die Wasserrohre unter der Decke wandern.

Und was sah er da? Es hingen dort dicht an dicht Eiszapfen, so lang wie sein Unterarm, und tropften gemütlich vor sich hin.

Das war der Anblick, bei dem ihm fast das Herz stillstand. Doch dazu ließ ihm Frau Reinicke keine Zeit. Sie jagte ihn die Leiter holen, und als er sie herbeigeschleppt hatte, musste er hinaufklettern und die Eiszapfen einen nach dem anderen herunterschlagen. Als das geschafft war, waren Frau Reinicke und Trudel eben mit dem Aufwischen fertig geworden.

Alle drei waren von der Arbeit so erhitzt, dass sie gar nicht bemerkten, wie angenehm kühl es im Heizungskeller war. Deshalb also verzögerte sich die Kaffeepause, und deshalb auch kam der Hausmeister viel später als vermutet zu Simsala zurück.

»Na, wie sieht's aus mit dem Loch«, hatte Karl eigentlich fragen wollen.

Aber fragen konnte er erst einmal gar nichts.

Er fand den kleinen Zauberer glücklich lächelnd am Ufer eines kleinen Teiches sitzen. Sanft fielen die grasbewachsenen Ufer zum Wasser ab, auf dem Seerosen schwammen und zwei Schwäne gemächlich ihre Kreise zogen. Auf dem sandigen Grund sah man Fische hin- und herflitzen, und während der Hausmeister vor Staunen nicht wusste, ob er wachte oder träumte, begann plötzlich in der Mitte des kleinen Teiches eine Fontäne zu sprühen.

»Fehlt noch was?«, brach Simsala endlich das Schweigen, »oder ist es recht so?«

»Was«, stotterte der Hausmeister, »was ist denn das?«

»Das Loch«, antwortete der kleine Zauberer zufrieden, »das Loch für den Teich, den der Rektor hier anlegen wollte.«

»Was für einen Teich?«, wunderte sich Karl. »Zaunpfähle, hat er gesagt, sollten wir hier einstecken, damit ihr Kinder nicht unbeaufsichtigt vom Grundstück rennt.«

»Ach«, seufzte Simsala und kam vor Enttäuschung nun selbst ins Stottern, »dann –, ja, dann entschuldigen Sie sehr, Herr Hausmeister.«

Ehe Karl sich's versah, hatte die kleine Linke des Kindes die Wischbewegung gemacht.

Der Hausmeister rieb sich die Augen. Das war doch nicht zu fassen. Hatte er nicht eben fast mit den eigenen Füßen im Wasser gestanden? Waren da nicht zwei Schwäne gewesen und Seerosen und Fische?

Nichts von alledem, Herr Hausmeister.

Es war da nur ein einsamer Spaten am Boden und ein wenig aufgekratzte Erde, wo ein kleiner Junge versucht hatte, ein Loch zu graben.
Und es war da der kleine Junge selbst, und der sah sehr unglücklich aus. Er musste die Nase schniefen und merkte, dass gleich sein Gesicht wieder feucht werden würde. Aber diesmal würde es nicht vom Schwitzen kommen.
»Herr Hausmeister«, beeilte Simsala sich zu fragen, um doch vielleicht noch ein Lob zu erhaschen, »war's im Heizungskeller diesmal angenehm?«
»Eine Sauerei erster Güte war's«, grummelte Karl, »Eiszapfen an der Decke, mitten im Sommer. Stell dir das vor. Das soll ein Mensch verstehen. Und drunter Hochwasser. Ich hab bestimmt 'ne Viertelstunde geklopft, bis die Dinger wieder 'runter waren. Und die ganze Zeit hat Frau Reinicke gezetert. Nee, Simsala, das war nicht angenehm.«
»So«, sagte der Junge, »'runtergeschlagen haben Sie sie. Die auch.«
Und jetzt wurden seine Wangen doch nass. Simsala konnte nichts dagegen tun. Nicht mal verhindern, dass seine Schultern so blöd zuckten, konnte er.
Karl stand neben dem weinenden Kind und war hilflos. Was machte man, wenn so einer weinte?
Endlich legte er ihm seine harte Hand auf die kleine Schulter und brummte: »Lass gut sein, Simsala. Hast fleißig gearbeitet heute, oder? Spring man wieder zu deiner Klasse! Lauf!«
Damit gab der Hausmeister dem Jungen einen leichten Stubs in den Rücken, und der kleine Zauberer setzte sich brav in Bewegung.

Aber in seine Klasse mochte er heute nicht mehr zurückgehen.
Als er an der elektrischen Klingel vorbeikam, schnippte er mit den Fingern, und da läutete die Glocke zum Ende der Stunde.
Simsala hörte die Kinder die breite Schultreppe heruntergetobt kommen. An der Schulpforte sah er seinen Vater warten. Er war aus Indien zurückgekehrt und trug seinen spitzen Zaubererhut und den weiten Umhang mit den Zauberzeichen darauf.
Da rannte der Junge los und warf sich dem alten Zauberer schluchzend in die Arme. Abra Kadabra Bim legte seinen weiten Mantel um das Kind und murmelte etwas.
Als die anderen Schüler die Schulpforte erreichten, war von Simsala und seinem Vater nichts mehr zu sehen.

Rektor Häusler bestand darauf, dass der Hausmeister eine Woche Sonderurlaub nahm.
»Sie sind mit den Kräften am Ende, guter Mann«, sagte er freundlich, »da kann sowas schon mal vorkommen.«
»Aber ich habe sie doch wirklich gesehen: die Eiszapfen im Heizungskeller, den Teich und die Schwäne. Ich –«
Rektor Häusler nickte beschwichtigend. »Lassen Sie's gut sein, Karl. Glauben Sie mir, nach einer Woche Urlaub sieht die Welt auch für Sie wieder ganz anders aus.«
Herrn Martin aber beschied er: »Das mit dem Hausmeister wäre heute beinahe schief gegangen. Der Mann ist nicht richtig im Kopf. Wir können ihm den kleinen Salami Bam nicht noch einmal anvertrauen.«
»Simsala Bim«, bemerkte Lehrer Martin leise.

»Wollen Sie jetzt auch zaubern?«, rief der Rektor ungehalten.
»Er heißt Simsala«, erwiderte der Lehrer freundlich, »Simsala Bim, nicht Salami Bam. Und im Übrigen freue ich mich, dass ich ihn wieder bei mir in der Klasse haben werde. Heute hat er mir schon richtig gefehlt.«

HERR MARTIN GEHT ZUR POST

Doch am nächsten Morgen kam kein Simsala Bim in die 1a und auch nicht am Tag darauf. Am dritten Tag aber, als es eben zum Ende der Stunde geläutet hatte, flog plötzlich ein Brief durchs offene Fenster direkt auf den Lehrertisch. Darin stand:

> Sehr verehrter Herr Martin!
> Sehr verehrte Kinder der Klasse 1a!
>
> Da Simsala Bim leider unpässlich ist, kann er bis auf weiteres nicht in die Schule kommen. Ob er wieder in die Schule kommen kann, wenn er nicht mehr unpässlich ist, muss sich zeigen.
> Wenn er gesund wäre, würde er euch alle gewiss sehr herzlich grüßen. So grüße ich euch alle sehr herzlich als sein Vater
>
> Abra Kadabra Bim

Nachdem Herr Martin den Brief vorgelesen hatte, schauten alle recht betreten drein. Simsala war also krank. Aber vielleicht würde er auch gar nicht mehr zu ihnen kommen.

Das fanden alle Kinder sehr schade, und Herr Martin hatte ein ganz komisches Gefühl im Magen, wenn er daran dachte, dass er den kleinen Zauberer vielleicht nie mehr wiedersehen würde.
Da hatte er eine gute Idee.
»Bringt morgen jeder etwas mit, das ihr Simsala schenken möchtet«, schlug der Lehrer den Kindern vor, »dann packen wir ihm ein Paket und schicken es zur Feste Hokuspokus. Dann freut sich der kleine Zauberer, und wenn er sich freut, wird er schneller gesund, und wenn er gesund ist, mag er auch wieder zu uns in die Schule kommen.«
Schon auf dem Nachhauseweg begannen die Erstklässler zu überlegen, was sie dem kleinen Zauberer senden wollten: Blechautos und Lutscher und Schokolade, Kaugummis und was nicht alles.
Zum Glück hatten die Mütter dazu auch noch etwas zu sagen, sonst hätte sich der kleine Zauberer an den Liebesgaben seiner Klassenkameraden zu allem Überfluss auch noch den Magen verdorben. So aber kamen drei Zitronen, ein Töpfchen Gänseschmalz, ein paar trockene Kekse und jede Menge Eukalyptus- und Hustenbonbons zusammen.
Herr Martin packte alles ein, schrieb dazu für alle noch eine lustige Postkarte, auf der er dem kleinen Zauberer gute Besserung wünschte, und schnürte das Paket zu.
Dann schrieb er darauf:

An den Schüler
Simsala Bim
Feste Hokuspokus im Wiesental

Neben die Adresse klebte er eine Briefmarke. Am Nachmittag brachte er das Paket zur Post.
Der Postbeamte betrachtete die Anschrift auf dem Paket kopfschüttelnd.
»Wo soll das denn sein?«, fragte er mürrisch.
»Na, in einem Ort Wiesental, würde ich meinen«, erwiderte Herr Martin etwas ungehalten. »Es dürfte hier irgendwo in der Nähe sein«, versuchte er dem Postbeamten die Angelegenheit zu erleichtern.
»Irgendwo in der Nähe, so«, brummte der Mann nur und zog eine Liste hervor. »Schauen Sie mal, wie viele Wiesentals es allein in Deutschland gibt, Österreich und die Schweiz gar nicht mitgezählt.«
Der Lehrer rieb sich das Kinn. Das machte die Sache allerdings tatsächlich etwas schwieriger, als er erwartet hatte.
Herr Martin merkte jetzt erst, dass er nicht die geringste Ahnung hatte, wo die Feste Hokuspokus sich eigentlich befand. Ohne nachzusinnen, hatte er vermutet, dass sie im Umkreis der Schule sein müsste, denn es gab keine Kinder, die aus einem anderen Ort kamen.
»Werden Sie heute noch fertig?«, rief plötzlich ein Mann, der mit fünf Paketen beladen hinter Herrn Martin am Schalter wartete.
Der Lehrer nahm das Paket der 1a wieder an sich, dankte dem Postbeamten und machte sich auf den Heimweg.
Schade. Es würde mit der Sendung nichts werden. Und dabei hätte er so gern dem kleinen Simsala eine Freude gemacht. Er hatte nämlich die Sorge, dass der kleine Zauberer die Lust an der Schule verlieren könnte, und der Lehrer wusste, dass er den Jungen sehr vermissen würde.

RUTH HAT EINE IDEE

»Hallo, Herr Martin«, grüßte ihn auf einmal ein helles Stimmchen, und eine kleine Hand steckte sich in seine Rechte.
»Hallo, Ruth«, sagte der Lehrer.
»Bringst du unser Paket gerade zur Post?«, erkundigte sich das Mädchen neugierig. »Darf ich mitkommen, wenn du es abgibst?«
»Ich komme gerade von der Post«, antwortete Herr Martin betrübt, »die Anschrift reicht nicht aus. Sie können das Paket nicht annehmen.«
Ruth runzelte die Stirn.
»Wie soll es denn dann zu Simsala gelangen?«, fragte sie verwundert. »Das geht doch ohne Post gar nicht.«
Herr Martin nickte.
»Doch«, sagte das Mädchen plötzlich und hielt den Lehrer an der Hand fest, »doch, es geht vielleicht wohl. Wenn wir es selbst hinbringen nämlich.«
»Aber dafür müssten wir ja auch wissen, in welchem Wiesental Simsala wohnt«, erklärte der Lehrer, »sonst können wir wochenlang herumfahren.«
»Und dann wird das Gänseschmalz ranzig«, nickte Ruth. Dann überlegte sie weiter.

»Sag mal, Herr Martin«, fing sie nach einer Weile wieder an, »Simsala hat doch seinen Teppich gar nicht mitgenommen, als er das letzte Mal nach Hause gegangen ist.«
Der Lehrer blickte erstaunt auf das Mädchen.
»Du hast recht«, erwiderte er, »der Teppich liegt noch aufgerollt im Klassenschrank seit dem Tag, an dem Simsala dem Hausmeister geholfen hat.«
»Dann könnten wir doch vielleicht versuchen, mit dem Teppich zur Feste Hokuspokus zu fliegen. Der muss ja wohl den Weg kennen«, schlug Ruth vor. »Ich würde mich trauen«, fügte sie rasch noch hinzu.
»Donnerwetter, bist du gescheit, Ruth«, bewunderte der Lehrer das blondzopfige Mädchen, »ja, das mag vielleicht gehen.«
»Traust du dich auch, Herr Martin?«, fragte Ruth neugierig.
»Ich traue mich, glaube ich, auch«, antwortete Herr Martin lächelnd.
»Dann nichts wie los«, rief das Mädchen und zog den Lehrer mit sich fort.
»Warte, warte, Ruth.« Herr Martin hielt sie zurück. »Der Nachmittag ist gleich vorüber, und du musst doch auch deiner Mutter erst Bescheid sagen, wenn du auf Reisen gehst, oder? Ich schlage vor, wir befördern das Paket morgen gleich nach Schulschluss. Das heißt«, setzte er nachdenklich hinzu, »eigentlich genügt es doch, wenn ich es allein befördere. Wer hat denn gesagt, dass du mitkommen sollst?«
»Ich«, antwortete Ruth bestimmt, »schließlich kam die Idee mit dem Teppich von mir.

Und außerdem freut sich Simsala, wenn ich mitkomme.« Davon war allerdings auch Herr Martin überzeugt.

»Ganz schön frech«, brummte auf Feste Hokuspokus der alte Zauberer. Er saß mit seiner Kristallkugel in den Händen in der Turmstube und spielte »Hans-guck-in-die-Welt«. So jedenfalls nannte es Simsala, wenn sein Vater in die Kristallkugel schaute, in der er alles beobachten konnte, was er zu sehen wünschte.
An diesem Nachmittag hatte er, wie es manchmal vorkam, wieder das eigenartige Ziehen im linken kleinen Finger verspürt. Das signalisierte ihm immer, dass jemand etwas im Schilde führte, das auch ihn anging.
Zufrieden lächelnd trat er wenig später in Simsalas Zimmer. Der Junge lag bis an die Nase zugedeckt im Bett und fieberte.
»Morgen bekommst du Besuch, Simsala«, sagte der alte Zauberer, als wäre es das Selbstverständlichste der Welt.
»Besuch?«, hauchte das kranke Zaubererkind. »Wer soll mich denn besuchen?«
»Herr Martin und Ruth«, erwiderte sein Vater, »es sei denn, dass noch ein paar andere Kinder mitkommen wollen.«
»Ach, Papa«, flüsterte Simsala, »warum sagst du das? Die finden doch gar nicht her. Wie sollten sie's denn machen?«
»Du hast doch deinen fliegenden Teppich im Klassenschrank gelassen«, sagte der alte Zauberer, »damit werden sie es versuchen.«
»Aber du weißt doch selbst, dass das nicht geht.«

Simsala klang wirklich unglücklich.
»Natürlich weiß ich das«, erwiderte der alte Zauberer schnell und strich dem fiebernden Kind liebevoll über die heiße Stirn, »aber man kann ihnen ja ein bisschen helfen, nicht wahr?«
»Würdest du das tun, Papa?«, rief Simsala, und auf einmal fühlte er sich fast gar nicht mehr krank. »O, du tust es, versprich es mir. Du tust es mit der Kristallkugel.«
»Ich tu's mit der Kristallkugel«, schmunzelte der alte Zauberer, »und ich verspreche dir, dass ich es tue. Morgen zum Mittagessen werden Herr Martin und Ruth unsere Gäste sein. Was meinst du, sollen wir ihnen zum Essen zaubern? Wie wär's mit –«
Aber das soll ja eine Überraschung sein. Warten wir also bis morgen.

ABRA KADABRA BIM SCHAUKELT DIE SACHE

Nicht nur Ruth war an diesem Schulvormittag aufgeregt; auch Herr Martin musste seine Gedanken zusammenhalten, die sich fortwährend schon einmal auf die Reise zur Feste Hokuspokus begeben wollten. So verrechnete er sich gleich ein paar Mal hintereinander. Zehn weniger fünf, meinte er etwa, sei drei, zehn weniger zwei sei sechs und zehn weniger neun sei eins. Das war natürlich alles total falsch (oder?).

Die Erstklässler lachten ihn denn auch mit Begeisterung aus und nannten ihn den Rechenkünstler Simsalabim.

Natürlich ging heute auch das »Viel Glück und viel Segen« im Kanon wieder schief, weil Herr Martin ganz falsche Einsätze gab. Frau Reinicke, der sie es vorsangen, weil sie Geburtstag hatte, war dennoch sehr zufrieden und schenkte den Erstklässlern selbstgebackene Hefeschnecken mit Zuckerguss.

Hinterher waren die Kinder nicht nur satt und fröhlich, sondern auch ziemlich klebrig. Das merkte Herr Martin, als er sie mit Handschlag verabschiedete. Deshalb schickte er Ruth noch einmal Hände waschen, ehe sie den Teppich aus dem Schrank holten.

Beiden schlug das Herz höher, als sie auf dem freien Platz hinter der Schule ausspähten, ob auch niemand sie sehen könnte, und dann den Teppich ausrollten. Obwohl Ruth ganz tapfer war, ergriff sie doch vorsichtshalber Herrn Martins Hand, bevor sie sich auf den Teppich kauerte.
»Weißt du noch, wie Simsala den Teppich gestartet hat, Herr Martin?«, fragte Ruth aufgeregt.
»Ich denke schon«, brummte der Lehrer. Aber er machte keine Anstalten loszufliegen.
»Worauf wartest du denn?«, fragte Ruth.
Und: »Worauf warten sie denn?«, fragte auf Feste Hokuspokus der kleine Zauberer, der sich mit seinem Vater über die Kristallkugel beugte.
Der alte Zauberer zuckte nur mit den Schultern. Der Lehrer aber erwiderte: »Haben wir nicht irgendetwas vergessen, Ruth? Ich habe das Gefühl, dass noch etwas fehlt.«
»Das Paket«, rief da das Mädchen, ließ die Hand des Lehrers fahren und sprang auf, »wir hätten beinahe das Paket vergessen, das wir Simsala bringen wollten. Warte, Herr Martin, ich hol's.«
Und schon war sie davongeflitzt.
»Hoffentlich ist die Klasse nicht abgeschlossen«, dachte der Lehrer und machte es sich auf dem Teppich solange gemütlich.
Die Klasse war natürlich doch abgeschlossen. Herr Martin hatte ja selbst den Schlüssel umgedreht. Aber Ruth hatte Glück. Trudel war gerade in der Nähe und konnte ihr aufschließen.
»Was willst du denn noch in der Klasse?«, fragte sie neugierig. »Hast du deinen Ranzen vergessen?«

»Nein, das Paket für Simsala«, rief Ruth, ohne nachzudenken, »Herr Martin und ich fliegen zu ihm, um es ihm zu bringen. Dann wird er schneller gesund.«
Sie schob sich flink an der Putzhilfe vorbei in die Klasse. Da lag das Paket ganz friedlich auf dem Lehrertisch. Ruth ergriff es, rief Trudel ein herzliches »Danke!« zu und stob die Treppe hinunter.
Trudel schaute ihr höchst verdutzt hinterdrein.
»Fliegen? Hat sie fliegen gesagt?«, murmelte die Putzhilfe. »Wie will sie denn fliegen?«
Dann stellte sie den Besen in die Ecke und eilte mit erstaunlicher Behändigkeit einen Stock höher, denn aus den Fenstern des Rektorenzimmers hatte man den besten Überblick über die Gegend.
Trudel brauchte nicht lange zu warten, da sah sie hinten über dem freien Feld auf einmal Simsalas Teppich schweben, und darauf saßen – war das denn zu glauben? – Lehrer Martin und das kleine blondzopfige Mädchen.
»Ist Zaubern ansteckend?«, murmelte Trudel und fühlte, wie ihr die Knie weich wurden.
Dann bekam sie ihren Kicherkrampf.
Herr Martin und Ruth genossen unterdessen den Flug, und der Lehrer genoss dazu noch die grenzenlose Bewunderung, die seine kleine Schülerin ihm zollte.
»Herr Martin«, erklärte sie, »das war ganz toll, wie du das gemacht hast. Ganz obertoll war das. Besser kann's auch Simsala selbst nicht. War's denn schwer?«
»Nicht so besonders«, gab Herr Martin zu.
Er hatte sich selbst gewundert, wie bereitwillig der Teppich seinem Befehl Folge leistete. Er hatte ja nur zweimal

gesehen, welche Handbewegung Simsala machte, um zu starten. Und gleich beim ersten Mal war's ihm geglückt. Jetzt hoffte er nur, dass der Teppich tatsächlich den Weg fand und der Flug so ruhig blieb wie bisher.

Sie flogen eine ganze Weile über Wiesen und Felder. Manchmal beugte sich der Lehrer vor, wies auf einen Ort oder einen Fluss und sagte dem Mädchen den Namen, und Ruth, die meistens nicht erkennen konnte, wohin der Finger des Lehrers wies, wiederholte brav, was ihr gesagt wurde, wie sie es aus der Schule gewohnt war.

»Kannst du sie nicht ein bisschen schneller fliegen lassen?«, fragte auf Feste Hokuspokus der kleine Zauberer ungeduldig seinen Vater.

»Besser nicht«, erwiderte Abra Kadabra Bim, ohne sich und vor allen Dingen ohne seine rechte Hand aus der Ruhe bringen zu lassen, die er, die Innenfläche nach oben gerichtet, wie einen Teller vor sich hielt und ganz leise hin- und herwiegte. »Sie sind das Fliegen nicht gewöhnt und könnten sich sonst erschrecken.«

»Aber ein bisschen schneller ginge es doch«, bettelte Simsala.

»Also gut, ein bisschen«, gab der alte Zauberer seinem Sohn nach.

Im selben Augenblick packte Ruth den Lehrer mit beiden Händen am Arm.

»Hopsala«, rief sie mit blasser Nase, »ich dachte, ich würde gleich 'runterfallen.«

»Bist du aber nicht, Ruth«, stellte Herr Martin erleichtert fest, ohne zu verraten, dass auch er einen Schrecken bekommen hatte.

»Schau einmal nach unten, wenn dir nicht schwindelt«, forderte er das Mädchen dann auf, »wir fliegen jetzt über die deutsche Grenze nach Osten. Unser Simsala scheint einen ziemlich weiten Schulweg zu haben.«
»Dein Lehrer kennt sich aber aus«, brummte auf Feste Hokuspokus der alte Zauberer, »wenn ich ihn ließe, würde er hinterher glatt den kürzesten Weg hierher auf der Karte zeigen können.«
Aber das ging Abra Kadabra Bim doch etwas zu weit. Deshalb hauchte er jetzt ganz leicht gegen die Kristallkugel.
Ruth kuschelte sich enger an den Lehrer.
»Was ist das?«, fragte sie besorgt.
»Wolken«, antwortete Herr Martin, »es werden Wolken sein, in denen wir fliegen. Schade«, fügte er hinzu, »nun kann ich gar nicht mehr erkennen, wohin unsere Reise geht.«
»Dafür können wir sie nun doch etwas schneller fliegen lassen«, sagte auf Feste Hokuspokus der alte Zauberer und wiegte seine Rechte noch ein bisschen flinker als zuvor. Gespannt sahen er und Simsala in der Kristallkugel zu, wie der Teppich an Fahrt gewann und dabei immer höher stieg, höher und höher, bis er schließlich ganz nahe sein musste.
»Du müsstest ihn vom Balkon eigentlich schon sehen können«, meinte Abra Kadabra Bim, und Simsala eilte, um sich davon zu überzeugen.
Tatsächlich. Dort drüben kam der Teppich herangeschwebt. Ganz klein konnte Simsala schon zwei Gestalten darauf unterscheiden.
Die Reisenden kamen zusehends näher.

Als sie in Rufweite waren, schrie Ruth: »Hallo, Simsala. Wir haben uns deinen Teppich geborgt, um dich zu besuchen. Du bist uns doch nicht böse, oder?«
Und Herr Martin rief: »Potzblitz, ich weiß doch gar nicht, wie man landet.«
»Mit beiden Daumen nach unten weisen«, schrie Simsala ihm zu.
Er hatte für einen Augenblick ganz vergessen, dass sein Vater den Teppich lenkte.
Der Lehrer tat, was Simsala gesagt hatte, wies mit beiden Daumen nach unten und bemerkte erleichtert, dass der Teppich sich sanft niedersenkte. Auf dem Balkon direkt vor des kleinen Zauberers Füßen setzte er auf.
Herr Martin und Ruth sprangen froh auf ihre Füße und reckten sich.

AUF FESTE HOKUSPOKUS

»Herzlich willkommen auf Feste Hokuspokus«, rief Simsala fröhlich und umarmte zuerst den Lehrer und dann Ruth. »Ist es nicht wunderschön bei uns?«
Ruth war sich nicht so sicher. Über die Brüstung des Balkons sah sie in einen tiefen Abgrund hinab, so tief, dass sie den Boden unten fast nicht mehr erkennen konnte, und sonst war die Feste nur von zahllosen steilen Bergspitzen umringt, die zum Teil bis in die Wolken ragten. Hier und da flog ein einsamer Adler durch die Luft. Was der kleine Zauberer daran so wunderschön fand, konnte das Mädchen nicht erraten. Ihr war es etwas unheimlich hier.
Herr Martin aber sagte freundlich: »Sehr schön ist es bei euch, Simsala. So habe ich mir eine Zaubererfeste immer vorgestellt, aber ich bin noch nie auf einer gewesen. Wo liegt Feste Hokuspokus eigentlich?«
Simsala musterte den Lehrer verwundert.
»Na, hier doch«, sagte er, »hier«, und er wies mit beiden Armen um sich.
»Und wo ist das Wiesental?«, fragte Ruth.
»Nur auf dem Anmeldeformular«, antwortete Herr Bim, der seine Kristallkugel versorgt hatte und nun ebenfalls

auf den Balkon getreten war. »Man kann ja nicht gut schreiben: Hokuspokus in Nirgendwo. Was soll sich ein Schuldirektor darunter denn vorstellen? – Aber kommt doch herein«, forderte er die beiden Gäste auf, »es ist kühl hier oben, und außerdem sollten wir eine Kleinigkeit essen. Reisen macht hungrig, oder?«

Ja, das stimmte. Ruth fühlte es auf einmal in ihrem Bauch ordentlich grummeln.

Das Mädchen und Herr Martin folgten Herrn Bim und Simsala nun die zahllosen Stufen, die im Turm in einer schier endlosen Spirale zu den Wohnräumen hinunterführten.

»Puh«, pustete Ruth, als sie endlich unten angelangt waren. »Wie viele Stufen waren das denn?«

»Weiß nicht«, erwiderte Simsala schulterzuckend. »Wie viele meinst du denn, dass es sind?«

Ruth schaute im Inneren der Wendeltreppe hinauf, sah sie kreisen und kreisen, als wäre es die Treppe ins Himmelreich, überlegte und sagte dann: »Na, vielleicht zwanzig. – Oder einunzwanzig«, setzte sie vorsichtshalber hinzu.

Herr Martin hatte das Gespräch der Kinder mit angehört. Jetzt schaltete er sich ein.

»Ich schätze, es sind eher hundertfünfzig oder sogar hundertachtzig Stufen«, riet er.

»Was meinst du, Papa?«, fragte Simsala.

»Dreihundertsiebzehn«, erwiderte der alte Zauberer wie aus der Pistole geschossen, »aber ihr zählt vielleicht lieber noch einmal nach, was meint ihr?«

Die Kinder meinten auch, dass sie lieber noch einmal

nachzählen sollten. Flink sprangen sie also die Treppe wieder hinauf.
Oben sagte Simsala zu Ruth: »Zählen musst aber du. Ich kann's nur bis fünf.«
»Ich kann's nur bis zwanzig oder einundwanzig«, gestand das Mädchen beschämt.
»Das reicht nicht?«, erkundigte sich der kleine Zauberer.
»Das reicht wahrscheinlich nicht«, bestätigte das Mädchen. »Was sollen wir da machen?«
Sie überlegten hin und her. Endlich hatte Simsala den rettenden Einfall.
»Wir sagen einfach, Papa hat Recht«, schlug er vor. »Wahrscheinlich hat er auch Recht«, fügte er nachdenklich hinzu, » denn er hat eigentlich immer Recht.«
So polterten die beiden die dreihundertsiebzehn ungezählten Stufen wieder hinunter.
Die beiden Männer waren inzwischen ins Wohnzimmer gegangen. Abra Kadabra Bim stellte dem Lehrer die Ahnen vor, deren Bilder man an der Wand bewundern konnte, alles höchst ehrwürdige Gesichter, zu denen eigentlich die Geschichten von den spannendsten Zaubereien gehörten.
»Aber die zu erzählen, würde zu weit führen«, bemerkte Herr Bim eben, als die Kinder eintraten. »Und dies hier«, wies er auf das letzte Bild, »ist mein Vater, Simsalas Großvater, der ihm auch seinen Namen vermacht hat. – So, seid ihr wieder da«, wandte er sich dann den Kindern zu, »dann können wir uns ja zu Tisch setzen.«
Als sie an dem großen Tisch mit der blauen Samttischdecke saßen, sagte Abra Kadabra Bim: »Geh mal in die Kü-

che und bring das Geschirr, Simsala, und sag Hanna, dass sie auftragen kann.«

Simsala kicherte und verschwand aus dem Zimmer. Wenig später war er wieder da und brachte vier Suppenteller mit goldenem Rand und vier goldene Suppenlöffel.

Er stellte sie hübsch ordentlich auf den Tisch, wobei er zuerst die Gäste versorgte, danach seinen Vater und als Letzten sich selbst. Herr Bim war sehr zufrieden mit seinem Sohn.

»Was hat Hanna denn heute gekocht?«, wollte er wissen.

»Nudelsuppe mit Fleischklößchen«, antwortete Simsala und musste schon wieder kichern.

»Kichertüte«, tadelte der alte Zauberer ihn.

Simsala verschwand wieder.

Als sich nun die Tür öffnete, kam eine alte kleine bucklige Frau herein. Sie war in ein schwarzes Gewand gekleidet, und auch das Gesicht war von einem undurchsichtigen schwarzen Schleier bedeckt. In den Händen trug sie eine schwere Suppenterrine.

»Das ist unsere Hanna«, stellte Herr Bim sie vor, »sie ist leider stumm und schrecklich scheu. Sie liebt es gar nicht, wenn jemand Fremdes ihr Gesicht betrachtet.«

Herr Martin rief bedauernd: »Ach die Arme.«

Hanna unter dem schwarzen Schleier fand Stumm- und Scheusein offenbar nicht so schlimm. Sie gluckste leise.

»So ist sie nun einmal«, fuhr Herr Bim fort, »aber dabei ist sie auch die Perle unserer Feste. Sie kann nämlich ganz ausgezeichnet und sehr flink kochen. Sie werden sehen: Sie brauchen nur zu sagen, was Sie wünschen, dann bereitet sie es Ihnen im Handumdrehen zu.«

Hanna schöpfte jedem eine große Kelle Nudelsuppe in den Teller. Ihre Schultern zuckten merkwürdig. Herr Martin musterte sie heimlich und hatte seine eigenen Gedanken dabei.
Als sie hinausgegangen war, kam Simsala wieder herein, setzte sich an seinen Platz und löffelte seine Suppe.
»Hanna hat heute besonders gut gekocht, nicht wahr, Papa?«, meinte er.
»Bisschen fade«, meinte der alte Zauberer trocken.
Simsala hätte sich vor Lachen beinahe verschluckt.
Abra Kadabra Bim musterte ihn streng und sagte dann: »Simsala, geh in die Küche, und sag Hanna, was unsere Gäste heute essen möchten. Aber pass auf, dass du nichts verwechselst.«
Herr Martin wünschte sich Blumenkohl und Möhrchen mit Kartoffelbrei.
»Es können aber auch Salzkartoffeln sein, wenn das für Hanna einfacher ist«, sagte er höflich.
»Ist das Ihr Lieblingsessen?«, fragte der alte Zauberer erstaunt.
»Das nicht«, gestand der Lehrer, »aber es ist doch sehr gesund. Wissen Sie, als Junggeselle bekommt man nur selten Gemüse zu essen.«
Ruth wünschte sich Pommes Frites mit Tomatenketchup.
»Als Erstklässler bekommt man das selten zu essen«, erklärte auch sie Herrn Bim.
»Dann esse ich«, bestellte Herr Bim, »wart einmal – Grießschnitten in Orangensoße mit Zimt.«
Dem kleinen Mädchen lief das Wasser im Mund zusammen, als sie es hörte.

»Das möchte ich auch«, rief sie schüchtern, »wenn Hanna nicht schon angefangen hat.«
»Hat sie nicht«, stellte Herr Bim fest, »also zweimal Grießschnitten in Orangensoße mit Zimt. Kannst du dir das merken, Simsala?«
Der Junge nickte.
»Dass du mir nicht Herrn Martins Blumenkohl mit Zimt bestreust«, warnte der alte Zauberer.
»Da wird Ihre Hanna doch ein Auge drauf haben«, warf Herr Martin lächelnd ein, und Herr Bim beeilte sich, »Gewiss, gewiss« zu sagen.
Dann nahm Simsala die leeren Teller und die Löffel und trug sie hinaus, brachte Herrn Martin eine goldene Gabel und für die übrigen saubere Löffel.
»Ich muss Hanna beim Auftun helfen«, entschuldigte er sich kichernd und verschwand.
Kaum war er fort, brachte die stumme Hanna Herrn Martin den Blumenkohl mit Möhrchen und Kartoffelbrei und dann die Grießschnitten für Ruth und den alten Zauberer. Sein eigenes Essen brachte Simsala selbst herein: ebenfalls Grießschnitten in Orangensoße, wie sein Vater befriedigt bemerkte.
Sie aßen schweigend. Allen schmeckte es ganz ausgezeichnet, und alle Teller wurden so blankgeputzt, als wollten sie Hanna den Abwasch ersparen.
»Hat noch jemand Platz für Nachtisch?«, fragte der alte Zauberer, indem er seinen Löffel beiseite legte.
Keiner hatte.
»Dann kannst du abdecken, Simsala«, sagte Herr Bim.
»Das mache ich«, bot Ruth schnell an und war schon auf-

gesprungen, »dann kann ich Hanna gleich in der Küche zur Hand gehen.«

Flink stellte sie die Teller zusammen und legte das Besteck oben drauf.

»Lass mich das machen«, rief Simsala und warf seinem Vater einen flehenden Blick zu.

Herr Bim gab vor, es nicht zu bemerken. Er lachte heimlich in sich hinein.

Da stellte sich Simsala dem Mädchen in den Weg.

»Gib die Teller her. Du kennst dich hier doch nicht aus«, sagte er, und es hörte sich fast grob an.

Er griff nach den Tellern, Ruth wollte sie nicht loslassen – wie es halt manchmal geht. Jedenfalls lagen sie auf einmal auf dem Fußboden, in viele Scherben zerbrochen.

Ruth schlug erschrocken die Hände vors Gesicht.

»O, das wollte ich doch nicht«, rief sie entschuldigend.

Aber als sie wieder hinschaute, waren keine Scherben mehr da, und selbst die Löffel und Herrn Martins Gabel waren verschwunden. Simsala hatte schnell mit der Linken gewischt.

»So haben wir Hanna wenigstens den Abwasch erspart«, sagte der alte Zauberer lachend, und da fiel auch Ruth schüchtern in das Gelächter ein.

Der Lehrer aber sagte: »Ich würde so gern einmal einen Blick in die Küche einer Zaubererfeste tun. Wissen Sie, seit meiner Knabenzeit habe ich immer davon geträumt, Koch von Zauberern zu sein. Wäre es Ihnen recht, wenn ich schaue?«

Simsala warf wieder einen hilflosen Blick auf seinen Vater.

Herr Bim aber sagte in aller Seelenruhe: »Bitte sehr, Herr Martin. Schauen Sie sich nur um.«
Herr Martin verschwand durch dieselbe Tür, durch die Simsala das Geschirr und Hanna das Essen hereingebracht hatten. Er fand dort einen winzigen Raum, in dem auf einem kleinen Tischchen ein Zauberstab lag; das war alles.
»Genauso hatte ich es mir vorgestellt«, sagte der Lehrer befriedigt, als er wieder zu den anderen zurückgekehrt war, und er maß Simsala mit anerkennendem Blick.

DARF ES NOCH EIN BISSCHEN UNHEIMLICHER SEIN?

»Jetzt müssen wir dir aber endlich das Paket geben, das wir für dich gepackt haben«, rief Herr Martin auf einmal, »du sollst doch gesund werden.«
»Bin ich ja schon«, antwortete Simsala. »Weil ich mich so sehr über euren Besuch freue«, erklärte er die plötzliche Genesung.
Dann packte er das Paket der Erstklässler aus.
Genüßlich roch er am Gänseschmalz. Als er die Zitronen herausnahm, schüttelte er sich so, als hätte er aus Versehen in eine hineingebissen. Über die Eukalyptus- und die Hustenbonbons freute er sich wie ein Schneekönig.
»So bissig, wie die sind, kann ich mir selbst gar keine zaubern«, erzählte er freimütig. »Ich vergesse nämlich immer wieder, wie scharf sie in Wirklichkeit sind.«
»Und Zaubererkinder können nur das zaubern, was sie sich auch vorstellen können«, plauderte Herr Bim freundschaftlich ein Geheimnis aus.
Dann schlug er vor, dass die Kinder durch die Feste stromerten, während er und Herr Martin noch gemütlich einen Kaffee tränken. Er hatte es kaum vorgeschlagen, da standen auch bereits zwei Tassen mit dampfendem Kaffee einladend bereit. Aber es stellte sich heraus, dass auch der

Lehrer lieber stromern gehen wollte als Kaffee trinken.
»Springen Sie nur«, beruhigte ihn Herr Bim, »ich trinke einfach selbst Ihre Tasse aus. Das schaffe ich, auch ohne zu zaubern.«
So durchforschten Ruth und Herr Martin zusammen mit Simsala die Feste Hokuspokus von den tiefsten Kellern bis zu den höchsten Turmspitzen. Sie fanden zahllose Räume, aber es war erstaunlich wenig darin.
»Mein Vater mag es lieber ordentlich«, erklärte Simsala, als sich der Lehrer und Ruth etwas ratlos in seinem Zimmer umschauten und das einsame Bett, das dort in der Mitte stand, betrachteten.
»Und wo hast du deine Spielsachen und deine Kleider?« fragte Ruth.
»Da, wo ich auch meine Hände habe«, antwortete der kleine Zauberer und zuckte mit den Schultern, »in der Hosentasche halt.«
Ruth versuchte, sich das vorzustellen. Für ihre Sachen müssten das jedenfalls ziemlich große Hosentaschen sein, vor allem, wenn auch ihr Puppenhaus hineinpassen sollte. In den Turmkammern hörte man den Wind heulen, und in den Kellern roch es ein wenig modrig, aber es gab nichts Unheimliches dort, nicht einmal Spinnweben in den Ecken. Herr Martin schien etwas enttäuscht zu sein.
»Richtige Verliese habt ihr auf eurer Feste gar nicht?«, erkundigte er sich.
Simsala versuchte, seine Vorfahren zu entschuldigen.
»Es gab immer nur Zauberer in der Familie«, erklärte er, »keinen einzigen Raubritter. Was hätten sie mit den Verliesen anfangen sollen?«

Aber weil er nicht unhöflich sein wollte, rüttelte er ein wenig am Schlüsselbund. Da klang es, als würden hinter der Wand Ketten gerasselt, und Ruth hörte es plötzlich unter dem Fußboden leise stöhnen. Ängstlich klammerte sie sich an Herrn Martins Hand.

»Gefällt es Ihnen besser so?«, erkundigte sich der kleine Zauberer. »Sonst könnte ich Ihnen auch noch …«

An den Wänden begann auf einmal ein seltsam phosphoriges Licht aufzuglimmen.

»Nicht nötig«, erwiderte der Lehrer schnell, »für mich reicht es, und für Ruth scheint es sogar schon ein bisschen viel zu sein. Lass eure Feste ruhig so ordentlich und aufgeräumt, wie dein Vater es am liebsten hat.«

Das Licht erlosch wieder, und das Stöhnen und Kettenrasseln verstummte.

Das einzige Lebewesen, das ihnen auf ihrem Weg durch die Feste begegnete, war ein schwarzer Kater, der sich schnurrend an Ruths Beinen rieb. Ruth fand ihn allerliebst.

»Wer ist denn das?«, rief sie entzückt und hockte sich nieder, um den Kater zu kraulen.

Simsala wollte eben sagen: »Mein Urgroßvater. Er hatte geschworen, sich in einen Kater zu verwandeln und die Feste nicht mehr zu verlassen, wenn die gewöhnlichen Menschen lernen sollten zu fliegen, und er hat ein Leben lang Wert darauf gelegt, dass man sein Wort hielt.«

(Abra Kadabra Bim sagte das manchmal, wenn ein anderer Zauberer sie besuchte.)

Aber dann tat Ruth dem kleinen Zauberer leid. Deshalb sagte er einfach: »Das ist Miau«, und zu dem Kater gewandt: »Stell dich Ruth doch selbst vor, du fauler Schnurrbart.«

»Miau«, maunzte das Tier gehorsam und schnurrte weiter.

»Wie spät ist es eigentlich inzwischen?«, fragte der Lehrer plötzlich.

»Wie spät hätten Sie es denn gern?«, fragte Simsala dienstbereit zurück.

»Nein, nein«, lachte Herr Martin, »es muss schon die richtige Zeit sein, die, welche auch die Schuluhr zeigt.«

»Da muss ich Papa fragen«, sagte der kleine Zauberer und führte die beiden in die Wohnstube zurück.

»Wie spät es auf der Schuluhr ist, will Herr Martin wissen«, erklärte Simsala seinem Vater.

»Dann müssen wir mal nachschauen«, erwiderte Herr Bim zuvorkommend.

Er führte alle in die Turmstube, wo die Kristallkugel lag.

»Eben fünf vorbei«, stellte der Zauberer nach einem Blick in die Kugel fest.

Da wollten auch Herr Martin und Ruth gern hineinschauen, konnten aber nichts erkennen.

»Ja, das braucht Übung«, sagte Herr Bim, »aber nach zehn, zwanzig Jahren kann man es ganz gut.«

Solange wollte Herr Martin doch nicht warten. Er hatte es auf einmal eilig.

»Ruth muss nach Hause«, stellte er fest. »Dürfen wir noch einmal den Teppich borgen? Und würden Sie mir noch einmal zeigen, wie die Zauberbewegungen fürs Fliegen waren, vor allem die fürs Landen?«

»Seien Sie unbesorgt«, sagte Abra Kadabra Bim, »den

Teppich können Sie natürlich gern haben. Sie gehen ja pfleglich damit um. Und das Fliegen übernehme am besten wieder ich mit der Kristallkugel.«

Ein wenig enttäuscht war Herr Martin doch, als er auf diese Weise erfuhr, dass er es gar nicht gewesen war, der den Teppich zum Fliegen gebracht hatte. Immerhin, es gab ein größeres Gefühl der Sicherheit zu wissen, dass man in der Obhut des Zauberers war.

»Dann kann ich um so besser aufpassen, welchen Kurs wir fliegen«, stellte er fest, und Herr Bim nickte dazu.

»Auf Wiedersehen, Simsala. Sehen wir dich morgen wieder in der Schule?«, fragte der Lehrer, indem er schon auf dem Teppich Platz nahm.

»Ich weiß nicht«, murmelte der Junge unsicher, »mein Hals tut auf einmal wieder so weh. Aber gute Reise.«

Dann stand Simsala noch lange an der Brüstung des Balkons und winkte dem fliegenden Teppich nach, bis keine einzige Franse mehr davon zu erkennen war.

Auf dem Rückweg flogen Herr Martin und Ruth doch wieder in dichten Wolken, die sich erst ganz kurz, ehe sie die Schule erreichten, wieder auflösten. Abra Kadabra Bim auf der Feste Hokuspokus hatte ordentlich auf die Kristallkugel gehaucht.

Der Lehrer ließ das Mädchen heimspringen. Er selbst rollte noch schnell den Teppich zusammen und verstaute ihn im Klassenschrank. Im Hinausgehen sah er auf dem Lehrertisch einen Zettel liegen. Er hob ihn auf und las:

Lieber Herr Martin!

Es ist mir zu Ohren gekommen, dass Sie sich jetzt auch der Teppichfliegerei befleißigen und sogar Kinder aus Ihrer Klasse daran teilnehmen lassen. Bitte kommen Sie, ehe Sie morgen den Unterricht wieder aufnehmen, zu mir ins Rektorenzimmer.

Häusler, Rektor

»Donnerwetter, das kann ja heiter werden«, murmelte der Lehrer, und plötzlich dachte er an den Ausflug zur Feste Hokuspokus nicht mehr mit demselben Vergnügen.

REKTOR HÄUSLER ÄUSSERT EINEN WUNSCH

Am nächsten Morgen flog Simsala wieder zur Schule. Er wollte es noch einmal versuchen. Als er aber in die Klasse kam und dort statt seines geliebten Herrn Martin das Fräulein Lämmer fand, bedauerte er seinen Entschluss schon wieder.

»Herr Martin ist beim Rektor«, erklärte Fräulein Lämmer den Erstklässlern, »und wenn er nicht wieder zu euch kommt, dann unterrichte ich euch fortan.«

Simsala schaute zu Ruth hinüber. Ob das mit ihrem Besuch auf Feste Hokuspokus zu tun hatte? Vielleicht war der Rektor böse auf Herrn Martin, und das nur, weil der Lehrer so nett war. Simsala musste ihm helfen. Aber wie? Nun, aus der Klasse herauszukommen, ist für einen Erstklässler ein Leichtes, und auch der kleine Zauberer kannte den Trick bereits.

»Ich muss aufs Klo«, meldete er sich und führte dazu vorsichtshalber das entsprechende Tänzchen auf.

»Lauf«, gestattete Fräulein Lämmer ihm, »aber –«

Simsala wusste schon, was noch kommen würde: dass es bestimmt zum letzten Mal wäre; das war es ja immer. Er wartete diesen Teil gar nicht mehr ab, sondern flitzte los. Die goldgerahmten Rektoren sangen immer noch an

Ruths Geburtstagslied. Der kleine Zauberer achtete gar nicht auf sie. Auch der Gummibaum blieb diesmal unberücksichtigt; Simsala hatte keine Zeit. In großen Sprüngen eilte er die Treppe hinauf.

Vor dem Rektorenzimmer legte er die Stirn in Falten. Die Tür war extra gepolstert. Man konnte draußen kein Wort von dem hören, was drinnen gesprochen wurde; jedenfalls nicht, wenn man kein Zauberer war.

Simsala aber war ein Zauberer.

»Es ist Notwehr oder sowas«, beruhigte er sein schlechtes Gewissen.

Dann machte er mit den Händen eine Bewegung, als ob er ein Stück Papier in der Luft zerrisse. Plötzlich war die Stimme von Rektor Häusler so deutlich zu vernehmen, als spräche er zu dem Jungen auf dem Flur.

»Sie waren also auf Feste Hokuspokus, sagen Sie, lieber Herr Martin«, stellte der Rektor eben fest, »und Sie hatten ein Mädchen aus Ihrer Klasse bei sich.«

»Es war, wie gesagt, ein Krankenbesuch«, hörte Simsala seinen Lehrer sich verteidigen. »Ruth ist Simsalas Sitznachbarin und seine beste Freundin. Es war naheliegend, sie mitzunehmen.«

»Obwohl Sie nicht einmal genau wussten, wohin die Reise Sie führen würde, und obwohl Sie weder Fallschirm noch Feuerlöscher bei sich hatten«, sagte Rektor Häusler streng. »Wahrscheinlich waren Sie darüber hinaus nicht einmal angeschnallt. Wissen Sie, lieber Herr Martin, wie ich solch ein Verhalten nenne? Unverantwortlich nenne ich das, einfach unverantwortlich. Sie ruinieren das Ansehen der Schule.«

Simsala hörte schwere Schritte auf- und abgehen. Sein Lehrer schwieg.
»Wie sind Sie eigentlich auf die Idee gekommen, mit Salami Bums Teppich zu fliegen?«, erkundigte sich der Rektor nach einer kleinen Pause.
»Er heißt Simsala, Herr Rektor«, berichtigte ihn der Lehrer geduldig, »Simsala Bim, und es war Ruths Idee, es mit dem Teppich zu versuchen. Der Junge hatte ihn im Klassenschrank zurückgelassen. Das Mädchen meinte, der Teppich würde den Weg zur Feste Hokuspokus wohl kennen, und sie hatte Recht.«
»Und Sie hatten gar keine Angst hinunterzustürzen und sich wer weiß was zu brechen?« fragte Rektor Häusler erstaunt.
»Gar keine«, erwiderte Herr Martin schlicht, »Ruth sagte, dass sie sich traute zu fliegen; da blieb mir sowieso keine andere Wahl. Ich konnte mich vor dem Mädchen doch nicht als Feigling aufführen.«
Eine ganze Weile lang war es still hinter der Tür. Dann hörte Simsala den Rektor sich räuspern, und auf einmal fragte er mit merkwürdig veränderter Stimme: »Sagen Sie mal, Herr Martin, Sie haben doch einen guten Draht zu dem Jungen. Meinen Sie, ich meine, natürlich nur, wenn wir ganz allein sind –«
Die Worte des Rektors verhaspelten sich rettungslos.
»Sie möchten wissen«, half der Lehrer ihm erstaunt weiter, »ob ich mich bei dem Kind dafür einsetzen könnte, dass Simsala Sie auch einmal fliegen lässt, wenn Sie unbeobachtet sind? Ist es das, Herr Rektor?«
Der Rektor musste wohl genickt haben. Der kleine Zau-

berer draußen hörte nur so etwas wie ein befriedigtes Grunzen.
»Ich könnte es jedenfalls versuchen«, sagte Herr Martin zögernd.
»Wissen Sie«, fing plötzlich Rektor Häusler wieder an, und jetzt klang seine Stimme ganz jung und schwärmerisch, »als Knabe wollte ich immer Pilot werden. Das Schicksal hat es anders bestimmt, und ich will auch nicht unzufrieden sein. Gewiss nicht, Herr Martin. Aber als dieser Sal-, dieser Sil-, na, dieser Junge halt auf seinem Teppich im Steilflug auf mein Fenster losgeschossen kam, hei, da schlug mir das Herz. Ich hätte am liebsten alle Lateinhefte ins Feuer geworfen, die Flügel ausgebreitet und wäre ihm nachgeflogen. Ja.«
Simsala stellte sich Rektor Häusler mit Flügeln vor und musste ein Kichern unterdrücken.
Dem Lehrer drinnen schien es nicht viel besser zu gehen, denn jetzt fuhr der Rektor fort: »Lachen Sie nur, junger Mann. Es klingt komisch, wenn ein Alter von der Begeisterung überwältigt wird, nicht wahr? Aber das werden Sie auch noch lernen: Es gibt da etwas in unserer Seele, das bleibt jung, so alt wir auch werden mögen. Und ich habe gelernt, mich dessen nicht mehr zu schämen.«
Der kleine Zauberer verstand nicht, wovon der Rektor sprach, aber er merkte, dass er ihm nicht mehr böse sein konnte. Wenn Herr Martin ihn fragte, ob er ihn mal fliegen lassen würde, wollte er es bestimmt tun. Sein Vater musste ihm nur zeigen, wie man den Teppich lenkte, wenn man selbst nicht draufsaß. Er musste ihn gleich beim Nachhausekommen danach fragen.

»Darf ich nun zurück in die Klasse?«, hörte Simsala jetzt den Lehrer fragen.
»Gehen Sie nur, Herr Martin«, antwortete der Rektor leise, »aber passen Sie in Zukunft auf, dass man Sie bei Ihren Flügen nicht beobachtet. Sonst kommen wir noch in die Zeitung, und dann Gnade uns Gott.«
Simsala wartete nicht ab, was sein Lehrer darauf erwidern würde, sondern sprang in Windeseile die Treppe wieder hinunter, an den lautlos jubilierenden Rektoren vorbei zurück zur 1a und platzte ohne anzuklopfen ins Klassenzimmer.
»Warum bist du denn so außer Puste?« fragte Fräulein Lämmer erstaunt. »Ich hatte gedacht –«
»War ich auch«, fiel ihr der kleine Zauberer ins Wort, um weiteren peinlichen Befragungen zuvorzukommen, »aber nun bin ich ja wieder da.«
Und um die Lehrerin auf freundlichere Gedanken zu bringen, wies er plötzlich auf die Zimmerecke und rief: »O wie süß. Ist das schon lange da? Oder haben Sie das mitgebracht, Fräulein Lämmer?«
Alle Blicke wanderten nach oben, und das Entzücken war allgemein. Sogar die Lehrerin fand es ganz allerliebst, obwohl sie es selbst natürlich nicht mitgebracht hatte.
Oben in der Ecke schauten drei kleine Schwalben zum Nest heraus und sperrten weit die Hälse auf.
»Sie haben Hunger«, rief Ruth.
»Wir sollten sie füttern«, schlug Simsala vor, »denn ihre Eltern können ja nicht zu ihnen herein.«
Aber das erübrigte sich, denn auf einmal stand Herr Martin wieder in der Klasse, und Fräulein Lämmer konnte also ge-

hen. Als sie sich verabschiedet hatte, war auch das Schwalbennest wieder verschwunden. Die Erstklässler hatten nichts anderes erwartet.

MIAU HADERT MIT DEM SCHICKSAL

Herr Martin ließ die Kinder die Feste Hokuspokus malen, die er ihnen vorher anschaulich geschildert hatte, wobei Ruth ihm immer wieder hatte helfen dürfen.
Über die Anzahl der Türme allerdings waren sich der Lehrer und das Mädchen nicht einig. Herr Martin meinte gewiss, drei gesehen zu haben, Ruth hingegen erinnerte sich ebenso gewiss an vier. Sie fragten Simsala.
Der kleine Zauberer runzelte die Stirn und überlegte. Endlich sagte er: »Was war es denn für ein Wochentag?«
»Mittwoch«, rief Rüdiger, »das weiß ich, weil's da bei uns zum Mittagessen immer Kartoffelsuppe gibt.«
»Habt ihr denn auf Feste Hokuspokus je nach Wochentag verschieden viele Türme?«, wunderte sich Herr Martin.
»Natürlich«, erwiderte der kleine Zauberer, ohne die Miene zu verziehen, »manchmal sind es drei und manchmal vier und manchmal auch fünf oder mehr.«
»Und wie viele sind es mittwochs?«, fragte Ruth, die so gerne Recht haben wollte.
»Ich habe es vergessen.«
Simsala zuckte bekümmert die Schultern.
Als die Schule aus war, wartete Simsala in der Klasse, bis alle anderen Kinder hinausgegangen waren.

Herr Martin, der noch etwas ins Klassenbuch eingetragen hatte, schaute auf und sagte: »Ach, das trifft sich ja gut, dass du noch da bist, Simsala. Ich habe da eine etwas seltsame Frage an dich. Weißt du –«
»Klar«, erwiderte der kleine Zauberer, »weiß ich. Er kann's haben. Nur soll er sich gut festhalten. Heute Nachmittag übe ich mit meinem Vater.«
Der Lehrer musterte den Jungen überrascht. Konnte Simsala auch Gedanken lesen? Oder auf welche Weise hatte er von der Anfrage des Rektors Wind bekommen? Nun, ihm sollte es gleich sein. Er war froh, dass der kleine Zauberer keine Einwendungen machte und er Rektor Häusler mitteilen konnte, sein Flug würde zustande kommen.

Abra Kadabra Bim war nicht ganz so schnell zufrieden zu stellen wie der Lehrer.
»Du willst den Rektor fliegen?«, fragte er ein ums andere Mal kopfschüttelnd. »Weißt du denn überhaupt, wie das geht? Kannst du deine Hand so still und so gerade halten, dass er dir nicht herunterfällt?«
»Wir müssen halt üben, Papa«, erwiderte Simsala bittend, »das habe ich doch gleich gesagt.«
»Und wer, bitte schön, soll, wenn du übst, auf dem Teppich sitzen?«, fragte der alte Zauberer prüfend.
»Du vielleicht, Papa«, schlug Simsala zögernd vor.
»Danke schön, mein Sohn. Danke allerbestens.«
Abra Kadabra Bim lehnte das Ansinnen rundweg ab. »Ich kann mir einen gemütlicheren Tod vorstellen als den, vom eigenen Sohn vom Teppich gekippt zu werden.«

Sie einigten sich schließlich darauf, dass Miau, der schwarze Kater, die Freude des Fliegens haben sollte.
»Der hat Krallen und kann sich helfen«, stellte der alte Zauberer klar, »aber unsereins ist total hilflos.«
Miau hätte, wäre er gefragt worden, sicher auch einen anderen als Teppichflieger vorgeschlagen. Aber Miau wurde nicht gefragt.
Am Anfang ging alles gut. Der Kater rollte sich auf dem kleinen Teppich zusammen, schnurrte und schlief selig ein. Simsala machte die Wegwerfbewegung mit der Hand und ließ dann seine Rechte, die Innenfläche nach oben gewandt, wie einen Teller vor seiner Brust schweben, wobei er sie nur ganz wenig und sehr gleichmäßig hin- und herschaukelte.
Der Kater wachte erst auf – da allerdings ziemlich plötzlich –, als der kleine Zauberer dringend eine Fliege fortscheuchen musste, die auf ihrem Weg an der Feste Hokuspokus vorübergeflogen kam und just auf seiner Nase eine kleine Pause einlegen wollte. Der Teppich überschlug sich in der Luft, und der Kater fuhr entsetzt aus dem Schlaf auf. Die Haare standen dem armen Tier zu Berge, während es sich so in den Teppich verkrallte, dass der für den Flug des Rektors nicht mehr in Frage kam.
»Das hätte Herrn Häusler das Leben gekostet«, stellte der alte Zauberer nüchtern fest, »wenn du gern in die Schule gehst, wirst du noch etwas üben müssen, mein Sohn.«
Simsala ging wieder gern zur Schule, und so übte er fleißig weiter, sehr zum Nutzen des Rektors und sehr zum Missfallen von Miau, dem schwarzen Kater.
Als es endlich Abend wurde, hätten sieben Fliegen auf

einmal auf Simsalas Nase Platz nehmen dürfen, ohne dass der Teppich in Schlingerbewegungen geraten wäre. Aber in der Abendkühle gab es auf dem Balkon der Feste Hokuspokus keine Fliegen mehr, wohl aber einen stolzen Flieger. Simsala war ganz sicher, dass der Rektor sich seinen Künsten sorglos anvertrauen dürfte.

EIN REPORTER SPITZT PLÖTZLICH DIE OHREN

»Wovon erzählt das Kind da immer?«, fragte Herr Brunk und schaute zu seiner Frau hinüber.

»Na, von diesem Simsala Bim, der jetzt in der 1a ist«, erwiderte Frau Brunk, ohne sich beim Abräumen des Mittagsgeschirrs stören zu lassen. »Das ist doch das Gesprächsthema Nummer eins in der Schule.«

»Und was ist an diesem Bim so interessant?«, wunderte sich Herr Brunk.

»Du bist aber gut.« Frau Brunk stellte die Nachtischschälchen scheppernd zurück auf den Tisch und schüttelte bedeutsam den Kopf. »So alltäglich ist es doch wirklich nicht, wenn der Sohn eines echten Zauberers die eigene Schule besucht. Ich jedenfalls kann Hans-Peters Aufregung gut verstehen.«

»Hast du Zauberer gesagt?«, vergewisserte sich Herr Brunk erstaunt und bekam ganz neugierige Augen. »Warum habe ich davon denn noch nichts gehört? Als Fotoreporter sollte man doch alles zuerst wissen.«

»Du hörst halt nie hin, wenn Hans-Peter erzählt«, bemerkte Frau Brunk vorwurfsvoll, »und dabei würde der Junge sich so freuen, wenn du mal ein bisschen Zeit für ihn hättest.«

Herr Brunk schlüfte geschwind seinen Kaffee aus und reichte die Tasse seiner Frau zum Abwaschen. Er hatte es plötzlich eilig.

»Vielleicht hast du recht«, sagte er, indem er sich erhob, »vielleicht sollte ich mich wirklich mehr dafür interessieren, was der Junge erzählt. Aber besser noch, ich schaue mich jetzt selbst einmal um. Wenn mich mein Spürsinn nicht täuscht, lässt sich da ein hübsches Geheimnis lüften. Das gibt einen schönen Stoff für die Zeitung.«

Der Fotoreporter gab seiner Frau einen flüchtigen Kuss, langte im Hinausgehen nach der karierten Mütze auf dem Hutständer, rief über die Schulter noch einmal: »Ade, Hannchen, bin schnell mal unterwegs. Es kann auch etwas später werden«, dann hörte Frau Brunk nur noch hinter ihm die Haustür ins Schloss fallen.

»Spätzünder«, schimpfte Frau Brunk hinter ihm her. »Für den Zauberer hätte dein Spürsinn wirklich früher aufwachen müssen. Heute Nachmittag ist der Simsala doch längst ausgeflogen, und du stehst nur vor verschlossenen Türen und kannst Mücken fotografieren.«

Sie hatte beinahe Recht. Nicht nur die Schüler waren längst nach Hause gegangen. Auch Karl, der Hausmeister, war fort. Die freiwillige Feuerwehr, der er angehörte, hatte eine Übung angesetzt. Die ganze Schule war wie ausgestorben.

Aber nur beinahe wie ausgestorben. Denn just diesen Nachmittag hatte sich Rektor Häusler zum Teppichfliegen ausgesucht.

Der Fotoreporter hatte wirklich einen vortrefflichen Spürsinn, auf den er sich verlassen konnte.

Hätte jemand um die Mittagszeit ins Rektorenzimmer hineingeschaut, er hätte sich gewiss die Augen gerieben. Denn er hätte dort ein Kind und einen älteren Herrn mit überkreuzten Beinen auf dem Läufer vor dem Schreibtisch des Rektors sitzend gefunden, die immer wieder die seltsamsten Bewegungen mit den Händen machten. Zum Glück überraschte niemand Simsala und den Rektor beim Teppichflug-Unterricht.

Der Junge war sich ganz komisch vorgekommen, als der Rektor ihn gebeten hatte, ihm alles ganz genau zu zeigen. Man denke nur: er, Simsala, sollte den Schuldirektor unterrichten!

Aber nun saßen sie sich auf dem Läufer gegenüber und waren längst ordentlich in Eifer geraten. Der kleine Zauberer hatte darüber ganz vergessen, dass Rektor Häusler so genau über die Teppichfliegerei gar nicht Bescheid zu wissen brauchte, da ja in Wirklichkeit er, Simsala, den Teppich lenken würde.

Aufmerksam verfolgte Rektor Häusler, was der kleine Zauberer ihm vormachte, und übte es still und eifrig: die Wegwerfbewegung der Hand, als wollte man einen Teller durch die Luft werfen, um den Teppich zu starten, die weisenden Daumenbewegungen, wenn man steigen oder landen wollte, die Schaukelbewegung mit dem flachen Handteller, wenn man eine Kurve flog, und schließlich das liebevolle Tätscheln des Teppichs, wenn er schneller fliegen sollte.

Auf einmal bemerkte Simsala, dass sich eine Mücke auf Rektor Häuslers Handfläche niederließ und dort zu saugen begann. Er erinnerte sich an die Fliege, die sich auf seine eigene Nase gesetzt hatte, als er mit Miau Teppich-

fliegen geübt hatte, und dachte für sich: »Gleich lässt er den Teppich trudeln und stürzt ab.«
Aber der kleine Zauberer irrte sich. Der Rektor ließ das Insekt einfach sitzen, verzog nicht einmal das Gesicht, und seine Hand blieb so ruhig wie zuvor. Simsala bewunderte ihn.
Als sich die Mücke sattgetrunken hatte und wieder fortgeflogen war, bemerkte der Rektor bloß: »Ich werde ganz hoch fliegen. Da sind die Viecher heute nicht.«
Aufmerksam übten sie weiter.
»Haben wir's?«, fragte Herr Häusler endlich, als Simsala die Hände sinken ließ.
Der Junge nickte. »Fertig«, erwiderte er, »jetzt können wir's wagen.«
Rektor Häusler strahlte vor Erwartungsfreude, dass man meinen konnte, er sei auf einmal zwanzig Jahre jünger geworden.
»Also los«, rief er mutig und eilte dem kleinen Zauberer voraus.
Simsala nahm die Teppichrolle unter den Arm und folgte ihm. Sie gingen zu dem Platz hinter den Schulgebäuden, wo Vater Bim in den ersten Tagen immer gelandet war. Der Ort war hinter Büschen etwas verborgen, sodass ein ungebetener Zuschauer ihn nicht leicht einsehen konnte.
Rektor Häusler nahm auf dem Teppich Platz.
»Warten Sie noch, bis ich Ihnen aus dem Rektorenzimmer zurufe«, erinnerte Simsala den Rektor.
Herr Häusler nickte gehorsam
Sie hatten verabredet, dass Herr Häusler nur unter der Aufsicht des kleinen Zauberers flog – für den Fall, dass

etwas schiefgehen sollte. Das Rektorenzimmer erschien dem kleinen Zauberer für seine Zwecke besonders geeignet, da er dort ungestört sein würde, solange er den Rektor fliegen ließ, und Herr Häusler hatte es ihm nach kurzem Bedenken willig überlassen.
Auf dem Weg dorthin spürte Simsala, dass sein Herz vor Aufregung wild pochte.
Hätte er gewusst, dass eben jemand über das verschlossene Schultor stieg, jemand mit einer karierten Mütze auf dem Kopf und mit einem scharfen Fernrohr und einem teuren Fotoapparat über der Schulter, er wäre noch viel aufgeregter gewesen.
Aber von dem Fotoreporter Brunk ahnte der kleine Zauberer nichts.

Dafür wurde ein anderer plötzlich von einer Ahnung heimgesucht.
Auf Feste Hokuspokus hatte sich Abra Kadabra Bim eben zu einem Mittagsschläfchen niedergelegt, als er auf einmal wie gestochen in die Höhe fuhr.
»Au«, schrie er und schüttelte seine linke Hand, als müsste er irgendein Insekt loswerden. Dann bemerkte er, dass ihm keine Mücke und kein Floh ein Leid tun wollte, sondern dass es das verflixte Ziehen in seinem linken kleinen Finger war, was ihn geweckt hatte.
»Es will uns jemand in unsere Angelegenheiten hineinpfuschen«, brummte der alte Zauberer. »Mal sehen, wer da was im Schilde führt.«
Mit Hilfe der Kristallkugel hatte er Herrn Brunk schnell ausfindig gemacht.

Er sah, dass der Fotoreporter eben auf allen Vieren unter einen großen Busch kroch, um sich dort seinen Beobachtungsposten einzurichten.

»Heute fällt dein Schläfchen aus, alter Kadaver«, knurrte da der Zauberer, «du wirst anderswo gebraucht.«

Auf einmal musste alles furchtbar schnell gehen. Schon war Herr Bim sich mit der Linken übers Gesicht, mit der Rechten durch die Haare gefahren. Für einen Augenblick leuchteten zwei blonde Zöpfe auf; dann war die Turmstube leer.

Nur die Kristallkugel lag auf ihrem Platz und hütete ihre Geheimnisse.

EIN FLUG GANZ OHNE HINDERNISSE

Als Simsala im Rektorenzimmer angekommen war, öffnete er ein Fenster und schrie: »Es kann losgehen.«
Gleichzeitig machten der Rektor und der kleine Zauberer dieselbe vorsichtige Wegwerfbewegung. Da löste sich der Teppich mit Herrn Häusler sanft vom Boden und schwebte wenige Zentimeter über dem Erdboden dahin.
Eine Weile begnügte sich der Rektor damit. Dann sah Simsala, wie er den Teppich erst ein wenig tätschelte und dann mit den Daumen in die Höhe wies. Da ließ der kleine Zauberer den Rektor etwas schneller fliegen und in Spiralen höher und höher steigen
Rektor Häusler war selig. Endlich, endlich konnte er fliegen. Wie lange hatte er davon geträumt! Ruhig bewegte er die Hand, wie Simsala es ihm gezeigt hatte. »Brrrrr«, machten dabei seine Lippen. Es klang wie ein ganz ruhig surrender Flugzeugmotor. Aber das hörte natürlich niemand außer dem Rektor selbst.
Wie übrigens auch keiner hörte, dass unten in den großen Büschen plötzlich jemand »Donnerwetter!« rief. Und keiner bemerkte den Mann mit der karierten Mütze, der dort stand und so aufmerksam durch ein großes Fernglas blickte.

»Potzblitz«, rief der Mann jetzt, » das ist ja gar nicht das Zaubererkind; das ist doch der Rektor Häusler. Brunk, wenn dir da ein Foto gelingt, lacht morgen die ganze Stadt.«

Der Reporter war ganz gefesselt von dem, was er durch sein Fernrohr sah. Eben kam der Teppich mit dem Rektor darauf der Erde wieder etwas näher, und Herr Brunk vertauschte flink das Fernrohr gegen den Fotoapparat.

»Noch etwas näher«, rief er, als müsste der Teppich auf seinen Befehl hören. »Noch ein bisschen. So. Und nun bitte recht freundlich. Gleich …«

»Klick«, sollte die Kamera eben machen.

Aber anstatt auf den Auslöser zu drücken, fuhr der Reporter erschrocken herum. Hinter ihm hatte nämlich jemand so laut »Na so etwas!« gerufen, dass ihm beinahe das Trommelfell geplatzt wäre.

»Hallo«, begrüßte ihn ein kleines Mädchen mit blonden Zöpfen, »schaust du auch dem Kunstfliegen zu?«

Der Reporter starrte das Kind verwundert an.

»Wer bist du denn?«, stammelte er endlich. »Ich habe dich ja gar nicht kommen gehört.«

»Ich heiße Ruth«, antwortete das Mädchen artig, »und meine Mutter sagt immer, ich solle leise gehen und nicht trampeln wie eine Elefantenherde. Jetzt bin ich leise gegangen, und es ist wieder nicht recht.«

»Doch, doch«, beeilte sich der Reporter zu versichern, »ich habe mich nur ein wenig erschrocken, Ruth.«

»Na so etwas!«, schrie da das kleine Mädchen wieder markerschütternd, und wieder fuhr Herr Brunk erschrocken zusammen.

Wie laut die Kinder heutzutage aber auch rufen konnten. Dem kleinen blondzopfigen Ding hätte er es gar nicht zugetraut.
Ruth rieb sich vor Verwunderung die Augen, und weil sie offenbar ganz sicher war, dass auch Herr Brunk sich wundern müsste, rieb sie auch ihm flink über die Augen.
»Schau doch mal!«, rief sie dann und wedelte aufgeregt mit beiden Armen.
Der Reporter vergaß ganz, das Betragen des Kindes merkwürdig zu finden, so rasch wandte er sich wieder um. Denn es fiel ihm ein, dass er doch eben ein Foto von Rektor Häusler auf dem fliegenden Teppich hatte aufnehmen wollen.
Der Rektor war allerdings längst entschwebt. Was Herr Brunk aber an seiner Stelle zu sehen bekam, war ganz ungeheuerlich. Der ganze Himmel war voll mit fliegenden Teppichen. Die summten und sirrten umeinander, als hätten sie es von den Mücken gelernt. Hier stiegen einige in die Höhe, dort senkten sich andere zur Erde – ein tolles Spektakel.
»Das ist die 1a«, erklärte Ruth dem staunenden Herrn Brunk. »Die hat Kunstfliegen. Das lernen die statt Schreiben und Rechnen.«
Dann rief sie plötzlich »Vorsicht!« und riss den Reporter mit erstaunlicher Manneskraft unter den Busch.
Einer der fliegenden Erstklässler hatte einen Angriff auf den Reporter unternommen. Wieder hatte Herr Brunk dabei deutlich hören können, wie ähnlich das Geräusch, das der fliegende Teppich machte, dem Sirren einer Mücke war.

»Frecher Kerl«, lachte Herr Brunk. »Na wart' nur, dich knipse ich mir aber.«
Nun ging ein Knipsen los, dass der Reporter am nächsten Tag Muskelkater im Zeigefinger haben musste. Alles, was da am Himmel flog, wurde von ihm auf den Film gebannt. Fast alles jedenfalls – außer dem Teppich mit dem Rektor darauf. Der kreiste längst wieder hoch über den anderen, dort, wo kein Mückensirren zu hören war.
Gelegentlich noch zog die starke Ruth den Reporter in Deckung, wenn ein Trupp Erstklässler gar zu wild über ihn herfallen wollte. Schließlich musste das Mädchen sogar den Gartenschlauch zu Hilfe nehmen, den der Hausmeister in der Nähe liegengelassen hatte. Karl hatte vielleicht für die freiwillige Feuerwehr geübt. Als das Wasser im hohen Bogen spritzte, drehten die zudringlich sirrenden Teppichflieger ab.
Wie es geschehen konnte, dass auch Herr Brunk plötzlich pudelnass dastand, konnten sich Ruth und der Reporter gar nicht recht erklären. Aber wen kümmerte ein solch kleines Missgeschick bei dieser Fülle hervorragender Aufnahmen Teppich fliegender Schüler! Der Reporter jedenfalls war überaus zufrieden.
»Hast du's?«, fragte die kleine Ruth neugierig, als Herr Brunk endlich seinen Fotoapparat wegpackte.
»Und ob!«, lachte der Reporter. »Das gibt morgen einen tollen Bericht in der Zeitung: ›Erstklässler lernen Teppich fliegen beim Rektor‹. Mit Bildern.«
»Au fein«, freute sich das Mädchen. »Aber willst du nicht auch noch ein Foto von mir machen? Schließlich habe ich dir das alles gezeigt.«

Der Reporter zuckte lachend mit den Schultern. »Zu spät, liebe Ruth«, erwiderte er, »aber alle Filme sind vollgeknipst bis auf die allerletzte Aufnahme.«
Er winkte dem Kind freundlich zu und rannte davon. Jetzt hatte er Sehnsucht nach seiner Dunkelkammer.
Als Herr Brunk fort war, wischte sich Ruth über das Gesicht. Da stand unter dem Busch auf einmal nicht mehr das kleine Mädchen, sondern Abra Kadabra Bim, der alte Zauberer. Lachend wischte er nun noch mit der Linken über den blauen Kinderrock, den er anhatte. Da verschwand auch der Rock, und der Zauberer trug wieder den weiten Umhang mit den Zauberzeichen und den spitzen Zaubererhut.
Während der Reporter und der alte Zauberer in den Büschen zu Gange waren, zog Rektor Häusler mit dem Teppich hoch am Himmel seine einsamen Kreise. Er brrrte zufrieden vor sich hin wie ein gleichmäßig surrender Flugzeugmotor. Auf einmal aber spürte er, dass sein Teppich zu sinken begann. Er wies mit beiden Daumen in die Höhe, wie er es mit Simsala geübt hatte. Aber der Teppich mochte nicht mehr steigen.
»Wirst müde sein«, flüsterte ihm da der Rektor verständnisvoll zu und ergab sich in den Willen des Teppichs. Der senkte sich nun in einem wunderbaren Schwung zur Erde und landete dicht vor den Füßen des Zauberers.
Rektor Häusler erhob sich. Seine Haare waren vom Wind zerzaust, seine Wangen waren gerötet, seine Augen leuchteten wie die eines kleinen Jungen, der eben etwas sehr Schönes erlebt hat.
»Das war wunderbar«, seufzte er beglückt und vergaß

ganz, sich darüber zu wundern, dass er Herrn Bim hier antraf. »Ein Kindheitstraum ist mir in Erfüllung gegangen.«
Abra Kadabra Bim nickte verstehend.
»Es freut mich, dass wir Ihnen zu Diensten sein konnten«, sagte er, »es freut mich sehr. Ist alles gut gegangen?
»Sehr gut«, beeilte sich der Rektor zu versichern. »O diese himmlische Einsamkeit da oben! Keine Probleme. Nichts als Ruhe und Frieden. Es war wunderbar.«
Der alte Zauberer lächelte. Was sich unterdessen im Gebüsch ereignet hatte, behielt er lieber für sich. Er wollte Herrn Häusler nicht das Vergnügen verderben.

Aus dem Bildbericht für die Zeitung wurde nichts, trotz der vielen Fotos, die Herr Brunk gemacht hatte. Stattdessen überlegte der Reporter ernsthaft, ob er den Beruf wechseln sollte. Als er nämlich die Filme entwickelt hatte und sich die Bilder anschaute, blieb ihm einfach die Spukke weg: Außer blauem Himmel konnte er mit bloßem Auge nichts darauf erkennen, gar nichts.
Mit einer starken Lupe hätte Herr Brunk allerdings hier und da doch noch etwas anderes als Himmel entdeckt: hier einen Mückenschwarm, dort ein paar Marienkäfer. Auf einem einzigen Bild, dem letzten, hätte er in der linken oberen Ecke sogar Fransen bemerken können, Fransen wie von einem fliegenden Teppich.
Aber dieses Foto hat sich der Reporter gar nicht mehr angeschaut, sondern es zusammen mit den Übrigen in den Papierkorb befördert. Was für Worte er dabei zwischen den Zähnen hervorstieß, wollen wir verschweigen. Ohne Zweifel war Herr Brunk sehr enttäuscht.

EIN ERNSTES GESPRÄCH, DAS MIT VIEL GELÄCHTER ENDET

»Du gehst also gern in der Schule, Simsala«, nickte der alte Zauberer, »habe ich mir gedacht.«
Er sah seinen Sohn über den großen Tisch mit dem blausamtenen Tischtuch hinweg ernst an, dann fuhr er fort:
»Nun pass gut auf. Wenn du gern in die Schule gehst, dann muss ich dich aus der 1a abmelden. Denn dieser Fotoreporter Brunk wird vielleicht morgen schon wieder auf die Idee kommen, ein Bild von dir machen zu wollen. Und dann hat keiner in deiner Schule mehr einen ruhigen Tag, du am allerwenigsten.«
Simsala hörte seinem Vater schweigend zu und versuchte, ihn zu verstehen. Die Falten auf seiner Stirn zeigten, dass ihm das nicht leicht fiel.
»Wenn du nicht mehr in der Schule bist«, fuhr der alte Zauberer geduldig fort, »wird dich da auch niemand suchen. Folglich wird dich dann auch niemand stören. Also musst du, wenn du gern zur Schule gehst, aus der Schule verschwinden.«
»Papa«, unterbrach der kleine Zauberer, und es klang, als ob er »Hilfe!« riefe, »wenn ich aus der Schule verschwinde, wird mich da niemand mehr stören. Das verstehe ich.

Aber dann werde ich doch auch nicht mehr in der Schule sein.«
Abra Kadabra Bim musterte seinen Sohn erstaunt.
»Wieso wirst du dann nicht mehr in der Schule sein?«, fragte er, und es klang ganz ernst.
»Na, weil …«, versuchte Simsala zu erklären.
Aber der alte Zauberer schüttelte den Kopf.
»Paß einmal auf, Simsala«, sagte er. »Ich gehe jetzt fort und verschwinde aus diesem Zimmer.«
Herr Bim erhob sich nach diesen Worten, schüttelte dem kleinen Zauberer wie zum Abschied die Hand und verschwand durch die Tür, durch welche die stumme Hanna bei einer früheren Begebenheit einmal das Essen aufgetragen hatte.
»Bin ich noch da?«, fragte er von draußen.
»Natürlich nicht, Papa«, lachte Simsala. »Du bist ja eben weggegangen.«
Da ging die Tür wieder auf. Aber es erschien nicht der alte Zauberer, sondern Herr Martin.
Simsala sprang vor Überraschung auf.
»Bin ich wieder da, mein Sohn?«, fragte der Lehrer jetzt, aber er fragte mit der Stimme des Zauberers.
»Du musst es sein, Papa«, rief Simsala, »aber du siehst dir gar nicht ähnlich.«
»Ich bin also verschwunden«, stellte Herr Martin mit der Stimme des Zauberers fest, »und ich bin trotzdem noch da. Verstehst du es jetzt, Simsala?«
O, jetzt verstand der kleine Zauberer bestens. Wenn er nicht aussah, wie er selbst, würde keiner wissen, dass er es war. Dann könnte er, nachdem er als Simsala abgemeldet

worden war, trotzdem weiter zur Schule gehen – als Rüdiger zum Beispiel.

Das war eine prachtvolle Idee. Simsala schüttelte sich vor Lachen.

»Papa, zeig mir schnell, wie man das mit den Gesichtern macht«, bettelte er.

Da musste Herr Martin verschwinden, und der alte Zauberer nahm wieder seinen Platz am blausamtenen Tisch ein.

Langsam und deutlich machte er Simsala vor, wie man die Wischbewegung durchzuführen hatte. Danach erklärte er ihm, woran man denken musste, damit anstelle des eigenen Gesichtes ein anderes erschien.

Der Junge lauschte mit gespannter Aufmerksamkeit auf alles, was der alte Zauberer ihm erklärte.

Dann versuchte er es selbst.

Am Anfang wischte er zu langsam, und der Trick gelang nicht. Als er endlich die Bewegung schnell genug beherrschte, vergaß er, sich dabei zugleich das Gesicht vorzustellen, das er haben wollte.

Aber nach einer Reihe von Misserfolgen hatte es auf einmal geklappt.

»Ei, da ist ja unsere kleine Ruth wieder!«, lachte ihn sein Vater an.

Simsala war sehr stolz.

Nun aber fing ein Gesichterwischen an, dass einem gewiss die Sinne vergangen wären, wenn man dabei hätte zuschauen können.

Wo eben noch Herr Bim den Kopf in die Hand stützte, blickte auf einmal Rektor Häusler ernst auf das Tischtuch.

Aber nein, das war ja gar nicht der Rektor; es war die kichernde Trudel, die –. Halt, auch die Trudel war es nicht, sondern eindeutig Karl, der Hausmeister, der –. Schon wieder falsch: so schaute doch nur Lehrer Martin drein. Aber sah er nicht aus wie Frau Reiter? Ach was, wie Rüdiger mit dem goldenen Finger –. Nein, nein, wie Wachtmeister Hurtig.

Kurz: es war wie ein fortwährendes Kommen und Gehen von unerwarteten Besuchern. Das Einzige, was blieb, war das Gelächter der beiden Zauberer. Die ganze Feste Hokuspokus hallte davon wider.

Endlich rief Frau Reinicke lachend: »Schluss damit, und ab ins Bett. Morgen wirst du abgemeldet. Dann sehen wir weiter.«

Sie wischte sich über das Gesicht, und sogleich zeigten sich die Züge des alten Zauberers. Ihm gegenüber tauchte jetzt auch Simsala wieder auf. Eben hätte man noch meinen können, an seinem Platz säße das Fräulein Lämmer.

Gehorsam folgte der Junge den Worten der Putzfrau, zauberte sich die Zähne sauber, vergaß das Waschen, küsste seinem Vater »Gute Nacht« und verschwand ins Bett.

BÖSE TRÄUME

Als er schon längst unter der Bettdecke lag, musste Simsala immer noch kichern. Wie lustig und abwechslungsreich war das Gesichterwischen gewesen!
In der Nacht aber schlief der kleine Zauberer schlecht. Er warf sich unruhig im Bett hin und her und träumte immer wieder von der Schule. Doch das waren keine schönen Träume.
Er war in der 1a. Alle Kinder wussten, dass Simsala in der Klasse war, aber niemand konnte ihn erkennen. Selbst der kleine Zauberer schaute sich im Traum vergebens um; auch er konnte nicht herausfinden, welcher der Erstklässler er war. Da klopfte es an die Tür. Alle Kinder sprangen auf und riefen, während Herr Martin dazu wild mit den Armen fuchtelte: »Gu – ten Mor – gen Sim – sa – la!«
In der Tür erschien aber gar nicht der kleine Zauberer, sondern Rektor Häusler. Er lachte die Kinder an. Dann warf er die Arme in die Höhe, und plötzlich regnete es Schokoladentaler. Doch als die Erstklässler sie in den Mund steckten, war die Schokolade hart wie Stein.
Simsala wachte auf. Da waren die 1a und der Rektor verschwunden. Seufzend drehte sich das Kind auf die ande-

re Seite. Aber kaum war der Junge wieder eingeschlafen ging es aufs Neue los.

Im Schulhaus begegnete er Frau Reinicke. Die Putzfrau musterte den kleinen Zauberer von oben bis unten und rümpfte dann die Nase.

»So, wie du aussiehst, kannst du aber nicht in deine Klasse gehen«, sagte sie streng.

Simsala musste ihr in den Heizungskeller folgen. Dort steckte sie das Kind kurzerhand in eine Wanne mit schäumendem Wasser. Sie nahm einen Waschlappen und fuhr ihm damit über das Gesicht – immer wieder, immer wieder.

»So, mein Lieber«, sagte sie endlich, »jetzt kannst du springen.«

Der kleine Zauberer befühlte vorsichtig sein Gesicht. Seine Fingerspitzen fanden keine Nase und kein Kinn. Alles war schrecklich glatt. Frau Reinicke hatte ihm das Gesicht weggewaschen.

Wieder fuhr Simsala da aus dem Traum empor. Miau, der schwarze Kater, der den schlafenden Jungen geleckt hatte, sprang erschrocken davon und suchte sich einen sicheren Winkel.

»Urgroßvater, lass das doch«, murmelte Simsala.

Er wälzte sich eine Weile unruhig hin und her, dann schlief er wieder ein.

Und wieder sah er sich im Traum in der Schule.

Jetzt war die 1a fleißig beim Schreiben. Alle Kinder hatten goldene Stifte in der Hand und schrieben Z-Blitze in ihre Hefte. Jedesmal, wenn ein Blitz fertiggemalt war, rumpelte es leise in der Klasse.

Der kleine Zauberer aber saß nicht auf seinem Platz neben

Ruth, sondern oben in einer Zimmerecke im Schwalbennest. Er versuchte, sich durch Winken und Rufen bemerkbar zu machen. Aber nicht einmal Lehrer Martin schaute zu ihm hinauf.
Plötzlich kam das Fräulein Lämmer auf Zehenspitzen in die Klasse geschlichen. Sie nickte Herrn Martin schweigend zu, ging zu Simsala und versuchte, ihm einen dicken Regenwurm in den Mund zu stopfen …
»Papa!«, schrie da der kleine Zauberer verzweifelt – und erwachte.
Er sah den alten Zauberer an seinem Bett stehen.
»Was ist denn, Simsala? Hast du schlecht geträumt?«, fragte er beruhigend.
»Ich mag doch keine Regenwürmer«, stieß der Junge hervor.
Abra Kadabra Bim malte Schlafzeichen in die Luft. Da schlief das Kind tief und ruhig bis zum Morgen.

Beim Frühstück erinnerte Simsala sich nicht mehr an seine Träume. Er wusste nur, dass er schlecht geschlafen hatte, und er war sich auf einmal gar nicht mehr so sicher wie am Abend zuvor, ob er mit einem fremden Gesicht überhaupt in die 1a gehen wollte.
»Vielleicht dann doch lieber gar nicht«, murmelte er und zuckte verdächtig mit den Schultern.
»Wir werden schon Rat finden«, versprach ihm sein Vater. »Heute bist du jedenfalls noch einmal der übliche Simsala. Was morgen ist, wenn ich dich abgemeldet habe, wird sich früh genug zeigen.«

SIMSALAS LETZTE STUNDE

Draußen regnete es.

Simsala stand vor den goldgerahmten Bildern der Rektoren und betrachtete sie aufmerksam.

Es hatte schon zur Stunde geläutet, aber der kleine Zauberer brauchte noch nicht in seine Klasse zu gehen. Die Erstklässler bereiteten eine Überraschung für ihn vor. So war er ein wenig den Flur entlanggestromert.

Die Rektorenbilder sangen immer noch ihr Goldfischlied. Sie ahnten nicht, dass sie eben bei der letzten Strophe angekommen waren.

Der kleine Zauberer lauschte ihnen eine Weile. Dann winkte er plötzlich ab.

»Danke«, sagte er, »vielen Dank. Ihr gebt euch solche Mühe, aber man kann euch nicht hören. Es ist sehr lieb von euch. Danke.«

Die Bilder blickten jetzt wieder so ernst und streng drein, wie sie es getan hatten, als Simsala eingeschult worden war.

Der kleine Zauberer wollte schon weitergehen, als ihm plötzlich etwas auffiel. Er hielt noch einmal inne.

»Einer fehlt doch in eurer Versammlung«, wandte er sich den Bildern wieder zu.

Es klang wie eine Beschwerde.

Er musterte die Rektoren prüfend. Dann reckte er sich auf die Zehenspitzen und klopfte dicht neben der Bilderrreihe mit dem Zeigefinger an die Wand. Als er den Finger wegnahm, schaute an der Stelle ein Nagel heraus. Der kleine Zauberer nickte zufrieden und schlug unterhalb des Nagels kurz und kräftig mit der flachen Hand auf die Wand. Dann trat er zurück und betrachtete sein Werk.

In Gold gerahmt wie seine Vorgänger hing dort nun auch der Rektor Häusler. Seine Haare waren zerzaust. Sein Blick strahlte wie der eines kleinen Jungen, der eben etwas sehr Schönes erlebt hat.

»Fein«, befand der kleine Zauberer.

Aber ganz zufrieden war er doch noch nicht. Die übrigen Herren hatten alle einen Schnurrbart …

Noch einmal reckte Simsala sich auf Zehenspitzen zu dem neuen Bild hinauf. Seine Finger arbeiteten flink. So. Nun hatte auch Herr Häusler einen Bart – ein wenig zerzaust wie seine Haare.

»Was noch?«, fragte der kleine Zauberer sich selbst und schaute in die Runde.

Staunend bemerkte er, dass der Platz, wo der Gummibaum immer gestanden hatte, leer war. Frau Reinicke hatte Karl gebeten, ihn nach draußen zu tragen, damit der Regen einmal gründlich den Staub von seinen Blättern abwaschen konnte.

Der kleine Zauberer wunderte sich, wie leer die Ecke ohne den Baum aussah. Auf einmal zuckte es kurz in Simsalas Händen. Da gähnte die Leere nicht mehr. Stattdessen war dort jetzt ein hübsches Standbild zu bewundern: ein kleiner Zauberer aus weißem Marmor, der

fröhlich die Arme in die Höhe warf. Er sah Simsala zum Verwechseln ähnlich.
»Jetzt bin ich da und bleibe da, selbst wenn mein Vater mich eben abmeldet«, freute sich der Junge. »Und wenn ich morgen vielleicht …«
Doch er legte flink beide Hände auf den Mund. Der kleine Zauberer hatte sich dabei ertappt, dass er im Begriff war, ein Geheimnis auszuplaudern.
Eigentlich hatte er vorgehabt, aus den Handtellern der Marmorstatue noch zwei hübsche Springbrunnen hervorsprudeln zu lassen, Springbrunnen aus kleinen bunten Zuckerperlen. Doch als er sich gerade ans Werk machen wollte, wurde er von Ruth in die Klasse gerufen. Für die Zuckerperlen-Springbrunnen war es leider zu spät.
Die Erstklässler hatten Simsala Bilder gemalt, ein ganzes Buch voll. Diejenigen, die mit den Buchstaben schon etwas geschickter umgehen konnten, hatten ihm dazu geschrieben:

»Alles Gute, Simsala Bim.«

Herr Martin meinte, es lese sich wie ein wunderbarer Zauberspruch, und er hoffte, dass dieser Zauber der Erstklässler in Erfüllung gehen möge.
Dann durfte der kleine Zauberer sich wünschen, was sie an seinem letzten Schultag machen sollten. Er wünschte sich, dass die Trompeten noch einmal schmetterten.
Herr Martin war einverstanden. Er bat nur darum, dass es Trompeten sein sollten und nicht die Posaunen von Jericho, die ja bekanntlich ganze Mauern zum Einsturz gebracht hatten. Die Erstklässler versprachen, leise zu blasen.

Als sie ihre Handtrichter geformt hatten und Simsala ihnen die notwendigen Zeichen gab, ertönte noch einmal das Blasorchester. Aber die Trompeten schmetterten diesmal so schmelzend zart, dass der kleine Zauberer schnell die Hände sinken ließ, da ihm die Tränen kamen.

»Mist«, schniefte er – er hatte in der Schule einige neue Ausdrücke gelernt, die sein Vater nicht so gern hörte – und wischte sich über die Augen.

»Ich glaube, ich erzähle euch lieber noch eine Geschichte«, schlug Herr Martin vor.

»Von einem kleinen Zauberer?«, fragte Ruth.

»Von einem kleinen Zauberer«, nickte Herr Martin, »passt nur gut auf.«

Da rutschten die Erstklässler auf ihren Stühlen herum, bis es sich möglichst bequem anfühlte. Dann wurde es ganz still in der Klasse. Für einen Augenblick hatte Simsala vergessen, dass es draußen regnete und dass dies vielleicht sein letzter Schultag war.

HERR MARTIN ERZÄHLT EINE GESCHICHTE

»Es war einmal ein Kind«, begann Herr Martin, »das war so arm, dass es kein Geld hatte, um sich Sachen zu kaufen, und sich selbst sein tägliches Brot erbetteln musste. Weil es kein Geld hatte, konnte es auch nicht zur Schule gehen. Wenn die anderen Kinder in dem großen Schulhaus verschwanden, stand das Kind nur davor und schaute sehnsüchtig zu den Fenstern hinauf, hinter denen die Kinder saßen und lernten. Wenn aber im Sommer die Fenster offen standen, lauschte das Kind auf die Lieder, welche die Schulkinder sangen, und sang sie mit. Und wenn sie an schönen Tagen auf dem Schulhof ihre Reigen tanzten, übte es insgeheim ihre Schritte und tanzte für sich allein, was es ihnen abgeguckt hatte. Dafür brauchte es nichts zu bezahlen.

Wenn die Kinder wieder aus dem großen Schulhaus herauskamen, stand das arme Kind immer noch da. Es schaute sich die Kinder an, die das Glück hatten, in der Schule lernen zu dürfen, und es wunderte sich von Tag zu Tag mehr darüber, dass diese Kinder gar nicht froh aussahen.

Einmal fasste es sich ein Herz und sprach eines der Kinder an.

›Bist du gar nicht glücklich, dass du in die Schule gehen darfst?‹, fragte es ein kleines Mädchen.
Das kleine Mädchen schaute das arme Kind stirnrunzelnd an.
›Warum sollte ich denn froh darüber sein?‹, fragte es zurück, ›ich muss ja hingehen, Tag für Tag. Es ist nichts Besonderes dabei.‹
›Aber ihr lernt so schöne Sachen‹, sagte das arme Kind.
Das kleine Mädchen runzelte wieder die Stirn.
›Wenn du das Schreiben meinst‹, erwiderte es, ›das ist schwer. Da macht man viele Fehler, und dann muss man alles noch einmal machen und verbessern.‹
›Ist das so schlimm?‹, wunderte sich das arme Kind, denn es dachte daran, wie gern es selbst die Lieder, die es vor den offenen Fenstern gelernt hatte, immer wieder sang. ›Ist das nicht wie Liedersingen?‹
›Du bist ja komisch‹, meinte da das kleine Mädchen und ließ das arme Kind stehen.
Als das kleine Mädchen sich aber an diesem Tag hinsetzte, um seine Hausaufgaben zu machen, musste es plötzlich an das arme Kind denken.
›Es ist vielleicht doch ein wenig wie Liedersingen‹, sagte es zu sich selbst. Und siehe da: die Hausaufgaben gingen ihm viel leichter von der Hand.
An einem anderen Tag fragte das arme Kind einen kleinen Jungen, als er aus dem großen Schulhaus kam: ›Bist du gar nicht glücklich, dass du in die Schule gehen darfst?‹
Auch der kleine Junge schaute das arme Kind stirnrunzelnd an und erwiderte: ›Warum sollte ich denn glücklich sein darüber? Ich muss ja hingehen, Tag für Tag.‹

›Aber ihr lernt da so schöne Sachen‹, meinte das arme Kind.
›Wenn du das Rechnen meinst‹, antwortete der kleine Junge, ›das ist schwer. Man macht immer wieder Fehler und dann muss man alles noch einmal machen und verbessern.‹
›Aber ist das so schlimm?‹, fragte das arme Kind, denn es dachte an die Reigen, die es immer wieder gern tanzte, ›ist es nicht wie Reigentanzen?‹
›Wie komisch du daherredest!‹, lachte der kleine Junge und ließ das arme Kind stehen.
Als der kleine Junge sich aber an diesem Tag an seine Hausaufgaben machte, dachte er plötzlich bei sich: ›Es ist vielleicht doch ein wenig wie Reigentanzen.‹
Und siehe da: die Aufgaben gingen ihm viel leichter von der Hand.
Einmal fasste sich das arme Kind ein Herz und sprach einen Lehrer an, der mit müdem Gesicht aus dem großen Schulhaus kam. Es fragte ihn:
›Bist du gar nicht glücklich, dass du in die Schule gehen darfst?‹
Der Lehrer betrachtete überrascht das arme Kind und brummte dann: ›Warum sollte ich denn glücklich sein? Jeden Tag stehe ich vor den Kindern und muss sehen, dass sie tun, was ich sage. Es ist immer wieder dasselbe.‹
›Und ist das so schlimm?‹, fragte das arme Kind, denn es dachte daran, dass die Sonne auch jeden Tag aufs Neue schien, ›ist es nicht so, wie wenn die Sonne scheint?‹
›Schön wär's ja‹, sagte der Lehrer und ließ das arme Kind stehen.

Als er aber am nächsten Morgen vor der Klasse stand, musste er plötzlich an die Worte des armen Kindes denken: ›Ist es nicht so, wie wenn die Sonne scheint?‹
Und siehe da: die Kinder, die vor ihm saßen, erschienen ihm plötzlich wie Blumen: manche wie Gänseblümchen, andere wie Rosen, einige auch wie Kakteen. Aber auch die brauchen die Sonne; die sogar ganz besonders. Da konnte er den Kindern gar nicht mehr böse sein, wie er es manchmal gewesen war, wenn sie schwatzten und ihren kleinen Unfug machten. Er versuchte einfach, wie die Sonne zu scheinen.«
Die Erstklässler lachten.
»Du scheinst auch«, riefen sie.
Tatsächlich: auf der Brust von Herrn Martin, da, wo sein Herz pochte, leuchtete sanft eine kleine Sonne, strahlte auf und war wieder verschwunden.
»Entschuldigung«, murmelte der kleine Zauberer, »es soll nicht wieder vorkommen.«
Das fand der Lehrer eigentlich schade. Aber er nickte nur.
»Lasst mich die Geschichte noch zu Ende erzählen«, bat er dann.
Da wurden die Kinder wieder still.
»Das arme Kind stand vor dem großen Schulgebäude und schaute sehnsüchtig zu den Fenstern hinauf, hinter denen die anderen Kinder lernen durften. Wenn aber die Fenster offen standen, lauschte es auf ihre Lieder und sang sie mit. Und wenn sie an schönen Tagen auf dem Schulhof Reigen tanzten, übte es insgeheim ihre Schritte und tanzte für sich allein, was es ihnen abgeguckt hatte.
So lernte das Kind auf seine Weise.

Es merkte dabei gar nicht, dass es selbst auch den Schulkindern und sogar den Lehrern etwas beizubringen hatte: die Freude am Schreiben, die Ausdauer fürs Rechnen, die Liebe zum Unterrichten.
Es war ein armes Kind, das um sein tägliches Brot betteln musste. Aber aus seinen leeren Taschen schenkte es reiche Gaben – wie ein kleiner Zauberer –, als wäre es das reichste Kind der Welt.«

EIN ENDE, DAS VIELLEICHT GAR KEINS IST

»Jetzt muss ich gehen«, sagte Simsala, kaum dass Herr Martin die Geschichte beendet hatte. »Mein Vater wartet schon.«
Richtig. Unten auf dem Schulhof stand im blauen Umhang mit den gestickten Zauberzeichen, den spitzen Zaubererhut auf dem Kopf, Abra Kadabra Bim und wartete. Gelassen stand er dort, als könnte ihm der Regen nichts anhaben – was ja auch stimmte.
»Ich darf ihn nicht warten lassen, wissen Sie«, rief der kleine Zauberer und sprang auf.
Herr Martin hatte vorgehabt, noch eine Abschiedsrede zu halten. Die Kinder sollten auch noch einmal für den kleinen Zauberer singen.
Aber Simsala winkte dem Lehrer nur einmal flüchtig zu, warf, als er schon unter der Tür stand, die Hände in die Höhe – und war verschwunden. Nur die Schokoladentaler, die plötzlich auf die Erstklässler herniederregneten, verrieten, dass der kleine Zauberer eben noch ganz wirklich dagewesen war.
Fröhlich balgten sich die Kinder um die Schokolade. In der 12a unter ihnen polterte es, als ob ein Erdbeben im Gange sei.

Herr Martin kümmerte sich nicht darum. Er stand da und schaute zum Fenster hinaus. Eben sah er Simsala auf den alten Zauberer zulaufen. Herr Bim breitete seine Arme aus und fing den Jungen auf. Der weite Umhang verbarg das Kind. Dann war von den beiden Zauberern nichts mehr zu sehen. Sie waren spurlos verschwunden.

»Auf die Plätze!«, wandte sich der Lehrer nun wieder seiner Klasse zu.

Die Erstklässler rappelten sich auf.

»Ist Simsala für immer fort?«, fragten sie, als sie den leeren Platz neben Ruth bemerkten.

»Ich weiß es nicht«, erwiderte Herr Martin zögernd, »sein fliegender Teppich liegt ja noch aufgerollt im Klassenschrank. Vielleicht –, vielleicht ist der kleine Zauberer schon bald wieder da. Wir wollen es hoffen.«

Er seufzte.

Da klopfte es an die Tür.

»Simsala kommt zurück«, rief die blondzopfige Ruth und klatschte in die Hände.

Es war aber Rektor Häusler, der in der Tür erschien.

»Morgen kommt ein neues Kind in eure Klasse«, gab er bekannt. »Es ist ein Mädchen, und sie heißt Sisali, nein, Selani, nein –«

Jetzt musste er doch auf dem Zettel nachsehen. Mit Namen hatte es der Rektor nicht ganz leicht.

»Selina heißt die Neue«, las er vor. »Seid freundlich zu ihr, und zeigt ihr, wie man fleißig ist und tüchtig lernt.«

Selina sollte das Mädchen heißen? Selina? Wenn das nicht ein Trick von Simsala war.

Die Erstklässler stießen einander in die Seiten. Sie meinten, das neue Kind schon zu kennen, noch ehe sie es gesehen hatten.

Als der Rektor gegangen war, übte Herr Martin mit den Kindern »Viel Glück und viel Segen« im Kanon zu singen und »Gu-ten Mor-gen Se-li-na« zu sagen.

Das Lied klappte gut, die Begrüßung aber gar nicht, weil manche Kinder statt »Selina« immer wieder »Simsala« sagten.

Herr Martin ließ es geschehen. Morgen, wenn die Neue erst da wäre, würde es schon klappen.

Georg Dreißig ist Pfarrer der Christengemeinschaft und Schriftleiter der Zeitschrift »Die Christengemeinschaft«. Bekannt wurde er durch seine Geschichtenbücher. Georg Dreißig ist verheiratet und hat fünf Kinder.

Georg Dreißig

Simsala

und Herr Oküpokü

207 Seiten, gb.

Der kleine Zauberer Simsala Bim freut sich riesig: Er darf mit Herrn Oküpokü, einem alten Freund seines Vaters, zur geheimnisvollen Feste Krims de Krams fliegen.
Auf dem Weg dorthin landen Simsala und Herr Oküpokü mit ihrer fliegenden Gartenbank in Heitersdorf, wo der kleine Zauberer bis vor kurzem die Schule besucht und viele Freunde gefunden hat. Und auf einmal geht dort einiges nicht mehr mit rechten Dingen zu: Gefängnisschlüssel verwandeln sich plötzlich in leckere Würstchen, Polizisten machen Jagd auf alleine umherlaufende Filzpantoffeln, und Zeit-Labyrinthe stiften bei so manchem Heitersdorfer große Verwirrung.
Simsala wird unterdessen von schweren Zweifeln geplagt. Ist er vielleicht gar nicht echt? Hat ihn sein Vater nur aus dem Hut gezaubert wie all die niedlichen rosa Kaninchen? Schon bald erhält Simsala eine Antwort – und die steckt voller Überraschungen!

URACHHAUS

Georg Dreißig

Das Lied der Nachtigall

Märchen und Erzählungen

237 Seiten, gb.

Die kranke Ruth hat von ihrem Patenonkel ein seltsames Geschenk bekommen: eine Tür, die auf die Tapete ihres Zimmers gemalt ist. Doch bald entdeckt Ruth, dass sich hinter dieser Tür spannende Dinge ereignen. Dort muss ein Kind aus der Macht der Trollfrau befreit und Licht in König Aatus dunkles Reich gebracht werden. Drei Missetäter versuchen mühsam Gold aus einem Fluss zu waschen, um der verstoßenen Prinzessin ein Krönlein schmieden zu können. Die Königstochter Margarethe tauscht ihr Los mit einem armen Räubermädchen, um ihren Prinzen zu finden, und der Waisenjunge Florian macht sich mit seinem Karussellpferdchen auf, um den Drachen zu besiegen.
Neunzehn Märchen und Erzählungen zum Vorlesen und ersten Selberlesen, voller Wunder und Abenteuer, in denen Kinder feststellen, dass die Welt nicht immer so ist, wie sie aussieht.

URACHHAUS

Georg Dreißig

Wenn ich König wär'

Geschichten für jeden Sonntag

107 Seiten, gb.

Woher mögen nur die Fische ihre herrlich glänzenden Schuppen haben? Warum hat der Schmetterling die Blüten so gern? Und wie weit ist es bis zum Himmel?
Ob Schmetterling oder Schneeflocke, Käfer oder Klatschmohn – die Welt der kleinen Dinge steckt voller Wunder. Man muss sie nur ein bisschen genauer betrachten und mit dem Herzen sehen lernen.
In 57 kurzen, einfallsreichen Geschichten erzählt Georg Dreißig von dem Zauber, der hinter ganz alltäglichen Dingen stecken kann. So erfahren wir Geheimnisvolles aus dem Reich von König Winter, von Sommerblumen und Tieren, vom Herbstlaub und den Sternen. Ein Vorlesebuch für jeden Sonntag im Jahreslauf.